Heide Boonen **Teufelshände**

Heide Boonen **Teufelshände**

Aus dem
Niederländischen
von
Andrea Kluitmann

Sauerländer

Die Übersetzung dieses Buches wurde freundlicherweise
durch den Vlaams Fonds voor de Letteren unterstützt.

Titel der niederländischen Originalausgabe:
Duivelshanden

Die Deutsche Bibliothek verzeichnet diese
Publikation in der Deutschen Nationalbibliografie:
detaillierte bibliografische Daten sind im Internet über
http://dnb.ddb.de abrufbar.

Umschlaggestaltung: heike ossenkop pinxit, CH-Basel
Druck und Bindung: Stückle, Ettenheim
ISBN 3-7941-8012-7

I

Die Linden haben den Sturm nicht abwehren können. Vielleicht reichten ihre Äste nicht weit genug, Wolken lassen sich nicht leicht fangen. Der Himmel färbte sich tief dunkelviolett. Ein Schwalbenschwarm schoss unter meinem Fenster vorbei, sie flogen niedrig und flatterten unruhig. Es ist September, der Sommer ist fast vorbei. Sie machen sich bereit zum Wegziehen, erst zum Meer und dann weiter an der Küste entlang in den Süden.

Papa hat den ganzen Tag im Garten gearbeitet. Er hat die Hecke gestutzt, er hat kräftige Arme. Wenn er Mama umarmt, verschwindet sie ganz in ihm. Ich habe das Fenster zu gelassen. Es war draußen noch schwüler als drinnen. Die Bremsen umschwärmten Papa, aber ich war nicht da, um sie zu verjagen. Er hatte sich ein Handtuch über die Schultern gehängt. Ab und zu schlug er damit nach den Bremsen oder wischte sich den Schweiß von Gesicht und Nacken. Erst als die Hecke fertig war, machte er eine kurze Pause, öffnete eine Flasche Bier mit den Zähnen – ich habe dann immer Angst, dass er sich ein Stück abbricht –, und trank sie in einem Zug leer. Brummerchen lag unter dem Haselbusch und belauerte ihn, ein wenig geduckt, die Ohren flach angelegt. Ein weißer Fleck zwischen all dem Grün.

Papa ging ins Haus – ich hörte ihn in der Küche rumkramen –, und als er zurückkam, sah ich, dass er sich ein dickes Butterbrot in den Mund stopfte, ein dickes Butterbrot mit Schokocreme, glaube ich. Und ich sah, wie er die verblühten Rosenknospen abschnitt. Das dauerte eine Weile. Es waren ja auch so viele.

Die Sonne verschwand immer öfter hinter den fransigen Wolken. Papa zog sich einen Pulli über. Den mit I LOVE DADDY auf dem Rücken, ich habe ihn noch zusammen mit Mama ausgesucht. Er band die abgekappten Zweige zusammen und stapelte sie gegen die Mauer unter dem Schutzdach, das er letzte Woche gebaut hat. Ich hätte ihm gern geholfen.

Wir sahen beide zu, wie sich die Wolken immer

dunkler über unserem Haus zusammentürmten, Papa vom Garten aus, zwischen dem blauen Rittersporn, ich von meinem Zimmer. Als wenn sie es auf uns abgesehen hätten, dachte ich. Vielleicht dachte er das auch.
Der Wind nahm zu, er blies die Silberbirken schräg und die Blätter flüchteten. Der Wind jagte sie, ließ ihnen keine Wahl. Sie mussten einfach weiter. Ich sah, wie er eine kleine Birke gegen die Mauer drückte, und bekam weiche Knie davon.
Papa rannte wieder herein. Brummerchen kroch unter dem Haselbusch hervor und sah zu meinem Zimmer rauf. Ich winkte ihm zu. Stell dich schnell unter, sagte ich. Ich wusste natürlich, dass er mich nicht hören konnte, aber das war eigentlich egal. Manchmal denke ich, wir verstehen uns ohne Worte, nur durch Blicke. Und sogar wenn eine Katze Menschensprache verstehen könnte, würde das für Brummerchen nicht viel ausmachen. Er hat ein grünes und ein blaues Auge und ist taub.
Brummerchen machte jetzt kehrt und rannte über den gewundenen Gartenpfad davon. Er wird wohl im Schuppen schlafen, da habe ich ihm ein warmes Plätzchen gemacht.

Ein Fenster schlug zu. Ich hörte Gepolter auf der Treppe, Schritte über meinem Kopf und dann einen Donnerschlag. Plötzlich spürte ich das Heft wieder in meinen Händen. Das Heft, in das ich gerade schreibe. Ich habe es heute Morgen von Papa bekommen. Es war ganz feucht und klebrig geworden und hatte meine Finger rot gefärbt. Ich hatte es die ganze Zeit an mich gedrückt. Und dann sah ich den Zettel auf dem Boden. Der muss herausgefallen sein. Ich erkannte Papas schöne Handschrift sofort.

Vielleicht hat er Recht. Vielleicht hilft es, wenn ich alles aufschreibe. Alles, was mir einfällt. Alles, was im vergangenen Jahr geschehen ist. Vielleicht hilft es mir, den Lärm in meinem Kopf zu bannen. Mama sagt, dass alles wieder gut wird, aber das glaube ich nicht. Meine Hände sind Teufelshände geworden und das wird nie wieder gut.

2

Ich weiß schon, was sie hier im Dorf über mich erzählen. Sie sagen, dass ich ein komisches Kind bin. Ich habe es gehört. Oder vielleicht habe ich es von ihren Lippen abgelesen, in ihren Augen gesehen. Unter ihren Blicken fühlte ich mich ganz klein werden. Ich bekam das eklige Gefühl, dass es ihnen lieber wäre, wenn es mich gar nicht gäbe. Aber ich habe nichts gesagt.
Ich sage nie was.
Was soll ich denn sagen?

Tristan fand mich überhaupt nicht komisch. Ich denke oft an ihn, und auch an Liam und Maaike. Als ich noch in der Stadt wohnte – das ist jetzt über ein Jahr her –, sahen wir uns fast jeden Tag. Wir wohnten in demselben Hochhaus und gingen in dieselbe Schule. Ich erinnere mich daran, dass Liam uns eines Tages abholte, Tristan und mich. Er war aufgeregt und nahm uns mit in den Keller, wo er drei große Pappkartons und ein paar Farb-

töpfe hingestellt hatte. Vom Hausmeister bekommen, sagte er triumphierend. Liam bekam immer alles Mögliche vom Hausmeister, wir nie.
Wir machten uns mit Schere und Kleister und Pinseln an die Arbeit. Aus einem Karton machten wir einen riesigen Hasen, aus dem anderen einen Hund und aus dem dritten ein Huhn. Wir nannten die Pappkartons die drei H. In jeden Karton bohrten wir zwei kleine Löcher zum Durchgucken.

Wir stülpten sie über unsere Köpfe, stolperten die Treppe rauf und durch den Gang nach draußen. Wir suchten eine geeignete Stelle in der Nähe und setzten uns dort hin: die drei H. Erst versuchten wir es bei den Fahrradständern und danach neben einem Müllcontainer, aber vor allem an der Telefonzelle hatten wir Spaß. Wir warteten geduldig, bis jemand neugierig näher kam, um uns zu betrachten. Dann sprangen wir plötzlich auf und fingen wild an zu tanzen, zu bellen und zu gackern. Ein Mann wurde wütend und Hase bekam eine Delle. Aber die meisten mussten nach dem ersten Schrecken doch lachen.

Liam war ganz versessen auf dieses Spiel. Er tat nichts lieber als Unfug machen und Leute zum Narren halten. Maaike auch. Schade, dass sie nicht dabei war. Ihr Ex-Vater – so nennt sie ihn – war gerade mit ihr unterwegs. Das war vielleicht ein seltsamer Kerl. Einmal pro Jahr, an ihrem Geburtstag, holte er sie ab und dann fuhren sie zu einem Vergnügungspark oder ans Meer. Maaike freute sich schon Wochen vorher darauf. Aber wenn sie abends nach Hause kam, war sie immer ganz still. Und das passte gar nicht zu ihr. Es dauerte fast eine Woche, bis sie wieder schreiend und mit einer großen Schleife im Haar allen Passanten frohe Ostern und ein gutes neues Jahr wünschte, auch wenn es mitten im Sommer war.

Seit ich hier wohne, fühlt sich mein Körper manchmal an wie ein Pappkarton, so ein H mit zwei Löchern, durch die ich nach draußen schaue. Draußen ist klein: unsere Straße und am Ende der Straße die Schule. Manchmal krieche ich aus dem Karton. Dann hänge ich über dem Spielplatz und beobachte die Kinder aus meiner Klasse. Queen überragt alle, wie ein Turm mit einem viel zu großen Balkon. Sie hat mich mal zwischen ihre Brüste gedrückt. Sie waren so warm und rochen so lecker, dass mir ganz schlecht wurde. Aus der Luft sieht Laus aus wie ein Rabe. Vor ihr muss ich mich immer in Acht nehmen. Sie kann gemein treten und macht ihre Bleistifte extra spitz und hat lange Fingernägel, die sie scharf zufeilt. Letztes Schuljahr habe ich eine Weile neben ihr gesessen. Ich hatte oft blaue Flecken. Ich habe versucht, sie vor Mama zu verstecken, sonst hätte sie bestimmt Fragen gestellt.

Ich sehe Schnief ein Stück Apfel essen, sie hat Rotz an der Lippe. Früher gab sie mir manchmal ein Stück ab. Pferd lehnt lässig gegen die Mauer, den Kragen seiner Lederjacke hochgestellt, die Hände in den Taschen. Er macht eine enorme Kaugummiblase, die schließlich platzt. Trottel hat einen dicken roten Kopf. Er steht keuchend vornübergeneigt, als wenn er gerade einen Marathon gelaufen wäre. Darüber muss Schwein natürlich lachen. Stinkendes Schwein. Wie ich sein Grinsen doch hasse.

Braun steht ein paar Schritte von ihnen entfernt. Sie ist anders als der Rest. Sie ist ein wenig so wie

ich: Sie sagt nicht viel. Sie starrt oft verträumt vor sich hin. Sogar wenn sie einen anschaut, ist es, als wenn sie einen nicht wirklich sieht. Manchmal fängt sie plötzlich an zu lächeln. Einfach so. Dann würde ich sie gerne fragen, woran sie denkt. Ich habe es noch nie getan.
Und dann sind da noch die Mäuse. Wenn Queen lacht, lachen alle Mäuse mit. Die Schule wimmelt von Mäusen.
Daran versuche ich nicht zu denken, wenn ich in der Luft hänge, ich schaue nur. Ich bin so. Ich habe mal versucht, es Mama zu erzählen. Du verrücktes Huhn, sagte sie, als wenn ich es mir gerade ausgedacht hätte. Also rede ich nicht mehr darüber. Aber ich frage mich stets, ob ich immer in den Karton zurückfinden werde und ob ich das überhaupt möchte.

Vielleicht lächelt Braun jetzt nie mehr. Vielleicht wird ihr Auge nun starr. So ein starres Auge, das gar nicht lachen kann. So ein Auge, von dem man Gänsehaut kriegt.

3

Als die Sommerferien anfingen, dachte ich, dass sie niemals zu Ende gehen würden, aber plötzlich waren sie vorbei. Ich hatte vergessen, wie hässlich ich die grünen Gänge in der Schule fand. Die Tür zum Klassenzimmer stand auf. Ich hatte das Gefühl, ich würde verschluckt, wenn ich reinging. Ich konnte Schwein riechen. Er stank nach Stall und ich bekam feuchte Hände. Pferd kaute wieder mit offenem Mund. Er trug noch immer die verschossene Lederjacke. Als wenn sie an seinem Körper festgewachsen wäre. Ich sah, dass Schnief und Queen sich einen Platz aussuchten, dicht nebeneinander.
Ich hängte meine Jacke als Letzte an den Haken und stieß mit Braun zusammen. Sie drehte sich zu mir. Sie sah sich die vielen kleinen Zöpfe in meinem Haar an, die Sternchen in meinen Ohren, meine lila Fingernägel, das Perlenarmband, das Tristan mir geschenkt hat, und die Wölbungen in meinem neuen, engen Pullover. Und ich sah ein

breites Grinsen über ihr Gesicht gleiten. Sie stieß Laus an, flüsterte ihr was ins Ohr und ich hörte sie kichern. Das hätte sie nicht tun sollen. Blöde Braun.

Plötzlich füllte ich den ganzen Gang. Ich griff ihr ins Haar. Erst sah sie mich nur erstaunt an. Dann sah ich die Angst langsam in ihre Augen kriechen. Das Gefühl kenne ich gut. In meinen Händen wurde sie so schlaff wie eine Stoffpuppe.

Es war schnell vorbei, in ein paar Sekunden vielleicht oder noch weniger. Ich habe mich noch nie so mächtig gefühlt.

Sie schrie nicht, sie kreischte. Ich sah Blutstropfen auf dem Boden. Die Mäuse kreisten mich ein, schubsten mich und zerrten an mir, aber ich bewegte mich nicht. Ich hörte die wütende Stimme der Lehrerin, sie schien von ganz weit weg zu kommen. Es war mir alles egal. Ich schaute auf den kreischenden braunen Haufen auf dem Boden und dann in Schweins spöttische Augen.

In der Luft bin ich in Sicherheit, dachte ich, da kann mich keiner sehen, da kann mich keiner zu fassen bekommen. Aber Queen schaute nach oben und sah mich doch. Sie schrie und alle Mäuse schrien mit. Meine Ohren taten weh und ich bin aus der Luft gefallen. Das ist das Letzte, woran ich mich erinnere.

Das Erste, was ich sah, als ich wieder aufwachte, waren Papas Wolken an der Zimmerdecke und Mamas blasses Gesicht ganz dicht über mir, die schwarzen Linien unter ihren Augen waren verschmiert. Sie trug noch ihr schickes Kostüm, sie war bestimmt Hals über Kopf nach Hause geeilt. Papa stand hinter ihr. Er wirkte noch größer als sonst und sie noch kleiner. Ich schloss die Augen wieder, ich tat, als würde ich schlafen. Ich wollte sie nicht sehen. Mama streichelte mir übers Haar. Der Doktor hat dich nach Hause gebracht, sagte sie. Und ich zitterte. Ich zitterte bei dem Gedanken, dass er mich auf den Arm genommen, mich zu seinem Auto getragen hatte. Mama legte mir kurz die Hand auf die Stirn, als wenn sie fühlen wollte, ob ich Fieber hatte. Schlaf nur ein wenig, sagte sie, alles wird wieder gut. Und ich hörte, wie sie leise aus meinem Zimmer gingen. Ich habe die Tür schnell abgeschlossen.

Wenn ich Laus gepackt hätte. Oder Schwein. Oder Schnief, diese Verräterin. Oder Queen. Ja, die. Aber Braun. Nein.

4

Ich frage mich, was sie jetzt gerade machen. Ob sie sich nun langweilen, wo ich nicht da bin. Oder sich jemand anderen suchen, Trottel vielleicht. Wie viel Kaugummi Pferd wohl schon unter meinen Tisch geklebt hat? Ob Schwein wieder mit diesem feisten Grinsen auf seinem Stuhl hängt? Ob Queen und Schnief jetzt beste Freundinnen sind? Und ob Laus deshalb eifersüchtig ist? Im letzten Jahr war sie Queens Liebling. Und ob Braun jetzt mit einem Lappen auf dem Auge in einem dunklen Zimmer liegt? Ich habe viel Zeit, mich allerlei Dinge zu fragen.

Gestern Nachmittag redete Mama auf mich ein, um mich dazu zu bewegen, mein Zimmer zu verlassen. Erst tat sie ganz lieb. Sie sei nicht böse, sagte sie. Sie liebte mich, ich sei doch ihr liebes kleines Mädchen – igitt – und das würde immer so bleiben. Ich hätte es bestimmt nicht absichtlich gemacht. Ich hätte dem Kind ja gar nicht wehtun

wollen, so sei ich doch nicht. Es sei ein Unfall gewesen. Ich hätte einen Schrecken bekommen, genau wie sie.
Aber gegen Abend klang sie immer wütender. Sie sagte, dass ich sofort rauskommen solle, dass sie genug von meiner Anstellerei habe, und was um Himmels willen in mich gefahren sei, das Kind dermaßen zuzurichten.
Ich hörte, wie Papa versuchte, sie zu beruhigen. Dass es keinen Sinn habe, solche Dinge zu sagen, das würde mich nur noch mehr verwirren, sagte er. Aber sie rief, dass ich einfach einen Dickschädel hätte. Papas Dickschädel! Ich kann mir vorstellen, wie sie dabei ihren Finger mit dem langen roten Nagel in seine Brust piekste. Wenn ich die Tür nicht sofort aufmachte, müsste ich eben ohne Essen ins Bett. Das machte nichts, ich hatte sowieso keinen Hunger. Ich habe noch immer keinen Hunger. Sie ging wütend weg und er trottete hinter ihr her, die Stirn gerunzelt, die Augen klein hinter den dicken Brillengläsern. Aber sie, sie ging ganz aufrecht, wie ein Soldat, nein, wie ein Kapitän oder ein Oberleutnant, ein ganz hohes Tier, etwas sehr Strenges. Das konnte ich hören.

Und kurze Zeit später auch das Klappern von Messern und Gabeln auf den Tellern, mein Zimmer liegt über dem Esszimmer. Sie sagten nichts zueinander. Wenn ich die Augen schloss, konnte ich ihre schweigenden Münder kauen sehen. Sogar Maurien, meine kleine Schwester, war still. Sie weiß ganz genau, wann sie besser den Mund hält.

Später am Abend – ich konnte nicht schlafen und versuchte zum zigten Mal, den Kleinen und den Großen Bären zu finden – sah ich Papa durch den Garten spazieren. Ich sah etwas Orangefarbenes aufglühen. Er schaute dem Rauch nach, der langsam in Richtung meines Fensters trieb. Ich versteckte mich schnell wieder hinter der Gardine. Ich habe ihn schon seit Jahren nicht mehr rauchen sehen. Ich hatte sogar vergessen, dass er das je gemacht hatte.

Heute Morgen klopfte er an meine Tür. Ich lag natürlich schon seit Stunden wach im Bett und hatte Mama wegfahren hören. Sie bringt Maurienchen in die Krippe und fährt dann zur Arbeit, sie hat eine Boutique in der Stadt. Sie kommt erst heute Abend gegen sechs nach Hause. Papa sprach so leise, dass ich ihn durch die Tür hindurch kaum hören konnte. Er verstehe ja, dass ich allein sein wollte, aber ich musste doch was essen. Ich habe dir ein Glas Orangensaft und eine Schale Cornflakes hingestellt, sagte er, und eine kleine Überraschung liegt auch daneben. Das machte mich neugierig. Ich wartete, bis er die Treppe hinuntergegangen war und ich die Haustür hinter ihm ins Schloss fallen hörte. Dann erst öffnete ich die Zimmertür, vorsichtig, weil ich Angst hatte, dass er sich einen Trick ausgedacht hatte, dass er doch noch plötzlich zum Vorschein käme. Ich fand ein Heft.

Dieses Heft.

Auf den Umschlag hat Papa eine Zeichnung mit den Stiften gemalt, die ich ihm zum Geburtstag geschenkt habe. Er hatte immer meine benutzt, deshalb. Er hat mich gezeichnet, mit farbigen Strichen, viel Rot und Lila und Rosa und Orange. Das sind meine Lieblingsfarben, ich frage mich, woher er das bloß weiß. So, wie er mich gezeichnet hat, sehe ich aus wie eine Indianerin. Er hat mir eine Melone aufgesetzt, an der eine Feder steckt.

Papa macht auch schöne Skulpturen aus Ton. Ich sehe gerne zu, wenn er daran arbeitet. Mama nicht, die macht dann einen großen Bogen um uns und hält sich die Augen zu. Sie möchte die Skulptur erst sehen, wenn sie ganz fertig ist. Ich will natürlich auch nicht, dass er sagt, was es werden soll, das macht er übrigens auch nie. Ich glaube, dass er es oft selbst nicht einmal weiß. Ich sehe, wie er den Ton mit seinen großen Händen knetet und Würste daraus rollt. Dann drückt er die Würste aneinander und langsam wächst etwas aus ihnen. Der Ton spritzt auf seine Brille und Haare, aber das ist ihm egal. Er wischt ihn nicht weg. Er arbeitet einfach weiter, manchmal ganz schnell, manchmal im Schneckentempo. Er schaut nicht auf. Vielleicht vergisst er auch, dass ich da bin. Ich wollte, ich hätte die Hände meines Vaters.

Einmal fing er an, einen Baum zu machen, aber plötzlich wurden die Zweige Arme mit langen Fingern und aus dem Stamm erhob sich eine Frau. Ich nenne sie die Baumfrau. Wir haben zusammen einen Platz im Garten für sie gesucht, Papa und ich. Wenn ich durch den Garten gehe, komme ich ganz von selbst zu ihr. Ich bin gerne bei ihr. Im

Garten stehen schon viele Skulpturen. Und im Haus. Mama sagt, dass er sie verkaufen soll, dann bringen sie wenigstens noch was ein und das Haus wird nicht so voll. Aber das will Papa nicht. Sie sind nicht gut genug, sagt er. Darüber wird Mama immer wütend. Du bist einfach ein Dickkopf, sagt sie dann. Aber ich bin froh, dass er sie nicht verkauft. Zwischen den Obstbäumen steht ein Mann mit hoher Stirn und spitzen Ohren. Er wirft sich ein großes Cape um, es sieht aus, als wenn er jeden Moment wegfliegen würde. Und die Eule finde ich auch schön. Wenn man genau hinsieht, entdeckt man, dass sich ein Mädchen zwischen den Federn verbirgt. Aber man muss wirklich sehr genau hinsehen. Manchmal denke ich, dass nur ich das sehen kann. Und Papa natürlich. Nur wir beide.

Und dann ist da noch die Skulptur von Mama. Sie trägt einen kurzen Rock, der im Wind hochweht, und sie lacht und streckt die Arme aus. Papa hat sie in den Flur gestellt. Wenn man reinkommt, sieht es immer wieder aus, als wenn Mama einem um den Hals fallen möchte.

Mama ist schön, wenn sie lacht. Zwischen dem Flieder ist sie am schönsten. Einmal habe ich gesehen, wie Papa ein Blättchen aus Mamas Haaren zupfte und wie sie ihn an sich zog. Er gab ihr einen Kuss auf die Nase und darüber musste sie lachen. Immer wenn ich durch mein Fenster in den Garten schaue, sehe ich sie wieder dort stehen, zwischen dem Flieder. Für mich blüht der Flieder das ganze Jahr über.

Ich rieche Bratwurst und ich höre Maurien plappern und sabbeln. Das oder Weinen oder die furchtbaren Schmatzgeräusche, die sie macht, wenn sie ihren Obstbrei reingeschaufelt bekommt, viel mehr kann sie nicht. Gleich wird Mama wieder an meine Tür klopfen, wie gestern Abend. Sie wird bestimmt wieder sagen, dass ich nicht so dickköpfig sein soll, und vielleicht wird sie auch wieder böse, wenn ich nicht zum Essen hinunterkommen will. Ich werde die Gardinen fest zuziehen, das Licht ausmachen und ganz still sein. Dann denkt sie, dass ich schlafe.

5

Ich habe heute Nacht geträumt, dass ich an einer grünen Mauer entlangging. Ich suchte eine Tür oder eine Öffnung, aber ich konnte sie nicht finden. Ich ging und ging, immer schneller. Ich geriet außer Atem und bekam Seitenstiche. Die Mauer hatte kein Ende. Ich fing an zu weinen. Ich sagte zu mir selbst, dass Weinen keinen Zweck hatte, weil das Gehen dann nur noch mühsamer werden würde. Aber als ich wach wurde, war mein Kissen trotzdem nass. Seit wir hier wohnen, habe ich öfter schlimme Träume.

Wir wohnen in einem alten Haus am Dorfrand. Der Dachfirst hängt tief durch und die Dachpfannen sind grün vor Moos. Die Fensterläden waren irgendwann mal graublau, aber die Farbe ist jetzt fast ganz abgeblättert.
Linden mit ineinander verflochtenen Ästen säumen den Pfad zur Haustür. Im Mondschein sehen sie aus wie mächtige Krieger, die den Hauseingang

bewachen. Sie sehen jeden, der herein oder heraus geht. Manchmal frage ich mich, was sie alles wissen.

Papa sagt, dass er sich sofort in das Haus verliebt habe, weil die Rhododendren im Vorgarten blühten, als er es zum ersten Mal sah. Erst Monate später, es war schon Winter, hat er uns mit dorthin genommen, wir wussten noch von nichts. Ich auf jeden Fall nicht. Es hatte nachts geschneit, vielleicht hatte er darauf gewartet. Ich spürte an diesem Morgen, dass etwas Besonderes geschehen würde. Papa war gut gelaunt, er hatte Eier gekocht, je eins für die beiden Damen und zwei für sich selbst. Wir würden einen Ausflug machen und ich sollte mich schön warm anziehen. Wir machten nicht so oft Ausflüge, also rannte ich in mein Zimmer, um mich umzuziehen. Ich wollte Tristan holen, aber Papa sagte, dass er lieber mit uns beiden gehe, mit Mama und mir, meine ich. Das machte mich noch neugieriger. Wir fuhren aus der Stadt raus, wo der Schnee schon wieder braun wurde, durch Straßen, die ich nicht kannte. Papa konnte nur ganz langsam fahren, weil die

Straßen glatt waren. Es dauerte lange, bis wir den Wald erreichten. Ich hatte noch nie solche riesigen Buchen gesehen. Wenn ich am Stamm entlang in die Baumwipfel schaute, wurde mir schwindlig. Der Schnee knirschte unter unseren Schuhen, aber ansonsten war es ganz still. Ich sah Spuren von Vögeln und von einem Hund. Ich fragte mich, ob es vielleicht ein wilder Hund war, und konnte es nicht lassen, mich ab und zu umzuschauen, man konnte schließlich nie wissen. Die Buchen waren so dick und hatten einen so geraden Stamm, dass ich es bestimmt nicht schaffen würde, schnell auf einen solchen Baum zu klettern, wenn der Hund auf mich zugerannt käme. Und Hunde rannten immer zu mir, ob sie nun wild waren oder nicht.

Wir liefen durch den Wald und dann durch weiße Felder talwärts, an einem alten Bauernhof vorbei – ich konnte das Stampfen von Pferdehufen hören – und zwischen kahlen Kopfweiden hindurch. Ich sah Krähen über dem Dorf im Tal. Der eisige Wind pfiff durch meine Jacke und ich versuchte, im Schutz von Papas breitem Rücken zu gehen. Aber ich konnte kaum mit ihm Schritt halten, weil ich immer tiefer im Schnee versank und langsam müde wurde. Ich fragte mich, was er nur vorhatte, wohin er uns führte und warum er sich keinen wärmeren Tag ausgesucht hatte.

Plötzlich hörte ich einen Hund bellen, und als ich mich umdrehte, sah ich sie dort stehen, auf einem Hügel, sich deutlich gegen die weiße Luft abzeichnend. Ein Junge mit einer roten Narbe, die von der Stirn über seine Augen und Wangen bis zu seinem Kinn lief, und ein Mädchen mit langen blonden Haaren: Schwein und Queen. Aber das wusste ich damals noch nicht. Sie standen regungslos dort, fast wie Denkmäler. Vielleicht hatten sie uns die ganze Zeit schon beobachtet. Ich winkte ihnen zu, aber sie winkten nicht zurück. Plötzlich breiteten sie die Arme aus und fingen an zu krächzen wie Krähen. Ich rannte den Hügel hinab, aber ich spürte ihre stechenden Augen im Rücken.

Als wir endlich am Haus ankamen, hatte der Schnee meine Schuhe durchweicht und ich hatte Eisfüße. Die Linden sahen streng aus, ich war mir nicht sicher, ob es ihnen gefiel, dass wir da waren. Das Haus war lange Zeit unbewohnt gewesen, das

konnte man sehen, und vielleicht wollten sie nicht, dass sich das änderte. Alle Fensterläden waren geschlossen. Ich weiß noch, dass ich zögernd hinter Papa herging. Je näher wir der Haustür kamen, desto bedrückter fühlte ich mich. Papa griff nach Mamas Hand. Am liebsten wollte er, dass sie ausgelassen riefe, wie wunderbar sie das Haus fände, das spürte ich. Aber sie sagte nichts, sie lächelte nur ein wenig. Und er schaute mich über die Schulter an.
Wir gingen durch leere, staubige Zimmer. Ich hatte das Gefühl, dass wir nicht allein waren, dass uns überall Augen folgten, die alles sahen, was wir taten. Jede Bewegung, jeden Blick. Sie konnten auch alles hören, davon war ich überzeugt. Darum sagte ich nicht viel. Ich versuchte auch, nicht zu denken. Ich hatte Angst, dass sie sogar meine Gedanken lesen konnten. Es gibt noch immer Zimmer in diesem Haus, in die ich lieber nicht hineingehe.

Das Haus ist groß, viel zu groß für uns. Das sah ich gleich. Papa sagte, dass er Pläne hätte, aber er wollte noch nichts darüber erzählen. Ich bin

ziemlich neugierig und Überraschungen mag ich nur, wenn ich nicht zu lange darauf warten muss. In den kommenden Wochen wurde ich immer ungeduldiger. Papa fuhr fast jeden Morgen zum Haus, er wollte ein paar Zimmer herrichten, sodass wir schnell umziehen konnten, um den Rest des Hauses würde er sich später kümmern.
Jeden Abend kam Papa müde und schmutzig nach Hause. Ich wollte immer wissen, was er gemacht hatte. Er sagte, dass ihm von meinem Gequengel fast die Ohren vom Kopf fielen, aber er verriet nichts. Ich konnte sehen, wie aufgeregt er war, und versuchte zu vergessen, dass ich das Haus eigentlich unheimlich gefunden hatte.

6

Es war schon wieder Frühling, als ich das Haus zum zweiten Mal sah. Die Fensterläden standen offen und das sah viel freundlicher aus. Was die Linden davon hielten, wusste ich nicht – ich weiß es noch immer nicht –, aber ich fing an, etwas von Papas Aufregung in mir zu spüren. Vielleicht kam das auch, weil die Rhododendren jetzt blühten.

Papa stand in der Haustür, als wir ankamen. Er schob uns durch den Flur ins Wohnzimmer. In meiner Erinnerung war das Zimmer muffig und dunkel, mit so einer scheußlichen braunen Blümchentapete. Aber als Papa die Tür öffnete, musste ich die Augen zukneifen, weil gleißendes Sonnenlicht durch die hohen Fenster in den Raum fiel. Die Wände waren jetzt farbig, rot und ockergelb, und überall brannten Kerzen. Es roch nach Bohnerwachs und Holz. Papa hatte den Kamin angezündet, obwohl es draußen ziemlich warm war. Auf dem Kaminsims stand eine lange, schmale

Skulptur. Erst dachte ich, dass es Flammen seien, die sich umeinander geschlungen in die Höhe rankten. Aber dann sah ich, dass es ineinander verflochtene Arme waren. Die Skulptur gefiel mir gleich.

Ich ließ mich zwischen die Sternkissen aufs Sofa plumpsen. Mama drehte sich im Kreis, ich glaube, dass sie zu erstaunt war, um etwas sagen zu können. Papa schaute sie lächelnd an. Wir ließen den Pflaumenkuchen in der Küche warten und rannten nach oben, plötzlich hatten wir Eile. Wir wollten alles so schnell wie möglich sehen. Ich weiß noch, dass ich völlig baff war, als ich die Tür zu meinem Zimmer öffnete. Aus einem alten Boot hatte Papa mir ein Bett gebaut. Er hatte große, weiche Kissen hineingelegt und Omas Decke darüber drapiert. Der Fußboden mit den breiten alten Dielenbrettern war blau mit einem Stich grün und weiß und ab und zu einer Seerose und ein paar Fischen. Auf die Wand hinterm Bett hatte er einen Wasserfall gemalt. Wenn man nur dorthin schaute, fing das Boot schon an zu schaukeln. Papa legte eine Leiter von der Tür bis zum Boot. Dann bekommst du keine nassen Füße, sagte er.

Ich wollte ihm um den Hals fallen, aber dafür ist er zu groß. Ich kroch über die Leiter und legte mich der Länge nach ins Boot. Ich trieb auf dem Wasser, ich war von felsigen Bergen umgeben und über mir glitten die Wolken vorbei. Die Leiter benutze ich jetzt als Garderobe, ich habe inzwischen gelernt, übers Wasser zu gehen.

Neben meinem Zimmer war noch ein anderes Zimmer, das schon fertig war. Er hatte es ganz gelb gestrichen, mit Sandburgen und Kamelen und einem kleinen Esel, der an einem Luftballon über die Wüste fliegt. Mitten im Zimmer stand eine Wiege. Papa und Mama hatten mich irgendwann mal gefragt, ob ich mich über ein Brüderchen oder ein Schwesterchen freuen würde. Ich hatte nie so richtig darüber nachgedacht.
Wenn ich Maurien jetzt so kreischen höre, frage ich mich, ob ich auch so lästig war. Und was um Himmels willen bloß so toll an einem Baby ist.

Wir zogen zum Beginn der Sommerferien um. Wir hatten ja immer in einer Mietwohnung in der Stadt gewohnt, also hatten wir nicht so viele

Sachen. Es passte alles in einen kleinen Umzugswagen.
Tristan half mir beim Packen. Wir räumten meine Schränke aus und fanden Sachen wieder, die ich vor langer Zeit verloren hatte oder von denen ich nicht mehr wusste, dass ich sie noch hatte. Tristan zog mich mit meinem alten Schmusehasen auf, sein Ohr war ganz kahl genuckelt. Er pfiff leise durch die Zähne, als er das Bild sah, das ich von ihm gemalt hatte. Ich hatte mich aber nie getraut, es ihm zu zeigen. Und er sprühte Mamas Parfümfläschchen fast ganz auf meinen Pulli leer. Ich versuchte, ihn daran zu hindern – Mama würde wütend werden, wenn sie es roch –, aber er war zu schnell für mich. Er tauchte weg, rollte sich zur Seite. Erst als ich auf ihm saß und spürte, wie seine Brust sich unter mir hob und senkte, wollte er das Fläschchen gegen einen Kuss zurückgeben.
Die Kartons verschwanden einer nach dem anderen. Das Zimmer wurde immer leerer, seltsam leer, fanden wir. Und wir wurden stiller. Wir tranken Kakao und schauten uns über den Becherrand an. Als nichts mehr in meinem Zimmer stand, gingen wir rüber zu Tristan. Ich half ihm, seinen Koffer

zu packen. Er fuhr am nächsten Tag für ein paar Wochen zu seiner Tante nach Madrid. Es würde also eine Weile dauern, bis er sehen würde, wo ich wohne. Das fanden wir beide schade, denn ich hatte ihm von meinem Zimmer erzählt und er war mächtig neugierig. Wenigstens dachte ich das. Wir hatten nicht mehr viel Zeit und wussten nicht so recht, was wir sagen sollten. Ich glaube, dass ich ihm versprochen habe, ihn anzurufen, wenn er wieder zurück war. Er gab mir ein Armband mit roten, violetten und orangen Perlen, genau die Farben von Papas Zeichnung auf meinem Heft. Er sagte, damit ich an ihn denken würde, wenn ich das Armband trug. Aber ich brauche das Armband nicht, um an ihn zu denken. Ich denke jeden Tag an ihn. Mehrmals am Tag.
Ich höre Schritte im Flur.

Papa hat dreimal an die Tür geklopft und ist dann wieder weggegangen. Er hat mir Pfannkuchen mit Zucker gebracht und einen Apfel und ein großes Glas Milch. Ich habe einen lieben Papa. Aber viel Hunger habe ich noch immer nicht. Es ist, als läge ein großer Stein in meinem Magen.

7

Die ersten Wochen in dem neuen Haus vergesse ich nie. Alles war fremd: das rosa schimmernde Licht, das morgens durch die Vorhänge in mein Zimmer fiel, das Knarren der Treppe, die Gerüche, die durch den Holzfußboden nach oben stiegen, die gedämpften Stimmen. In meinem Zimmer fühlte ich mich sicher, es war herrlich, in meinem Boot zu liegen und sanft zu schaukeln. Ich zählte die Perlen an Tristans Armband und redete mit ihm, als wenn er neben mir läge. Aber wenn ich durch die anderen Räume im Haus ging, spürte ich die Augen wieder. Papa sagte, dass ich vorsichtig sein und gut aufpassen sollte, wo ich hintrat, weil der Holzfußboden an manchen Stellen so von Holzwürmern zerfressen war, dass ich einbrechen konnte. Und ich hatte das Gefühl, dass die Augen mir dann mit dem größten Vergnügen einen Schubs geben würden. Wenn ich nicht in meinem Boot war, wollte ich am liebsten ganz nah bei Papa sein, auch wenn er nicht viel sagte. Ich dachte ständig an Tristan und Liam und an Maaike, die geweint hatte, als ich ihr erzählte, dass wir umziehen würden. Ich hatte Angst, dass ich meine Tränen auch nicht zurückhalten könnte, wenn Papa mich etwas über sie fragen würde.

Ich zählte die Tage, daran erinnere ich mich noch. Vierzehn Tage, vierzehn Striche auf dem Kalender. Ich versuchte mir Tristans Gesicht vorzustellen, wenn er mein Zimmer sehen würde. Und wir konnten in den Wald gehen, den wilden Hund fangen. Tristan verstand sich immer gut mit Hunden. Er könnte ihn dann mitnehmen und in ein Tierheim in der Stadt bringen. Aber als ich Tristan anrief, nahm seine Mutter ab. Sie sagte, dass Tristan ein paar Wochen länger in Spanien bleiben wollte, weil es ihm dort so gut gefiel. Ich habe den Hörer auf die Gabel geknallt.

Weil schönes Wetter war und Papa von der Arbeit im Haus die Nase voll hatte, fing er an, den verwilderten Garten in Ordnung zu bringen. Also half ich ihm beim Ausgraben der Wurzeln einiger alter Sträucher, ich band die Zweige in Bündel und stapelte das geschlagene Holz, ich versuchte die Schubkarre über den holprigen Boden durch das hohe Unkraut zu schieben. Sie fiel ständig um und dann musste ich alles wieder hineinschaufeln. Ab und zu machte Papa eine Pause und trank dann eine Flasche Bier in einem Zug leer. Ich durfte auch mal probieren, fand es aber eklig. Er sagte nichts, aber er muss es an meinem Gesicht gesehen haben, denn er lächelte.

Als die Sträucher alle weg waren, fing Papa an, ein Stück Garten umzugraben. Ich sprang ein wenig um ihn herum und schlug mit Zweigen nach den Bremsen, die ihn angriffen, während sein T-Shirt vom Schweiß immer nasser wurde. Plötzlich rutschte seine Brille von der Nase. Ich sah natürlich gleich, wo sie lag, aber Papa tastete wie ein Blinder über die Erde. Ich gab ihm die Brille. Du solltest beim Doktor mal neue Augen bestellen, sagte ich. Darüber musste er lachen. Und für einen Moment, einen kurzen Moment lang, habe ich daran gedacht, ihm von den Augen im Haus zu erzählen. Aber ich habe es doch nicht getan. Es kam mir plötzlich so lächerlich vor.

Ich war gerne mit Papa allein. Früher, als wir

noch in der Stadt wohnten, war er ganz oft weg. Er arbeitete in einem Atelier am Kanal. Zusammen mit einem Freund machte er dort große Skulpturen: riesige Insekten aus Eisen mit Flügeln aus farbigem Glas, seltsame hölzerne Totempfähle und steinerne Fische. Wenn man sie ins Wasser würfe, würden sie sofort ertrinken. Nach der Schule besuchten wir ihn ab und zu, Tristan und Liam und Maaike und ich. Dann bekamen wir Apfeltee und sahen den Booten zu. Papa sagte, dass er immer davon geträumt habe, auf einem Hausboot zu wohnen. Schade, dass er das nicht getan hat. Wenn man auf einem Boot wohnt, kann man immer weg, wenn es einem irgendwo nicht gefällt.

Wir entwarfen einen Plan für den Garten. Papa zeichnete ihn mit Kreide auf die Terrasse. Wir teilten den Garten in drei Bereiche auf, die durch Hecken mit Zwischenräumen oder Pforten voneinander abgetrennt würden. Ich wollte gerne einen Basketballkorb und eine Schaukel. Papa wollte einen Obstgarten mit Apfel- und Birnbäumen, Pflaumen, Kirschen und Himbeeren. Und er

wollte auch Rosen und Lavendel und noch viel mehr Blumen an den vielen Schlängelpfaden. Am Ende der Ferien kannte ich die Namen aller Pflanzen im Garten.
Tristan hatte nichts mehr von sich hören lassen.

Ich habe Tristans Armband in eine kleine Holzschachtel gelegt, die Oma mir geschenkt hat, zusammen mit einem Zettel von Maaike und Mamas Ohrringen. Ich wollte das Armband nicht tragen, wenn ich zur Schule ging. Ich wollte nicht, dass jemand es sah und Fragen stellen würde. Dann würden mir bestimmt die Tränen in die Augen steigen und ich würde alles über Tristan erzählen. Das wollte ich nicht. Ich wollte Tristan mit niemandem teilen.

8

Ich war sehr nervös am ersten Tag, an dem ich zu meiner neuen Schule musste. Papa sprach kurz mit der Lehrerin. Sie hatte einen kleinen Mund, fand ich. Papa sagte etwas, worüber sie lachen musste, aber ihre Augen lachten nicht mit. Du wirst hier bestimmt schnell nette Freunde finden, sagte sie zu mir. Darauf freute ich mich wirklich wahnsinnig. Ich wollte sie mit nach Hause nehmen, dann konnten wir im Garten spielen, Basketball, das kann ich gut. Und wenn sie mein Zimmer sahen, würden sie bestimmt mächtig neidisch werden, dachte ich.

Aber als ich ins Klassenzimmer kam, sah ich sie da sitzen, in der letzten Reihe, das Mädchen mit dem langen blonden Haar und den Jungen mit der Narbe, Queen und Schwein. Wie sie dort saß, den Rücken gestreckt und das Kinn vorgeschoben, ähnelte sie einer Königin. Und er erinnerte mich an ein Schwein. Er sah mich spöttisch an, breitete die Arme kurz aus, wie sie es auch oben auf dem

Hügel getan hatten, als sie gekrächzt hatten wie Krähen. Meine Wangen wurden rot. Das Mädchen, das vor Queen saß, lehnte sich zurück und Queen flüsterte ihr was ins Ohr. Sie mussten lachen und nickten, als ob sie gerade etwas miteinander abgesprochen hätten. Und ich war mir ganz sicher, dass es um mich ging. Widerwillig setzte ich mich an den Tisch vor Schwein, auf den einzigen Stuhl, der noch frei war. Neben mir, auf der anderen Seite, saß ein Mädchen mit roten, tränenden Augen. Plötzlich stieß mir jemand mit einem spitzen Bleistift in die linke Seite. Weil ich einen Schrecken bekam und es auch wehtat, sagte ich Au! Die Lehrerin sah verstört auf, aber ich habe den Mund gehalten. Was sollte ich denn sagen? Sie hat mich mit einem Bleistift gestochen. Das ist doch kindisch!

Während der Pause schlenderte ich ein wenig über den Schulhof, niemand kam zu mir. Ich versuchte, so zu schauen, als wenn sie mich alle mal gern haben konnten, aber ich fühlte mich nicht wohl. Als ich noch in der Stadt wohnte, war ich in den Pausen nie allein gewesen. Hier hingen alle um Queen und Schwein herum. Und es war bes-

ser, wenn ich nicht in ihre Nähe kam. Plötzlich sah ich das Mädchen mit den roten Augen gegen die Mauer lehnen. Sie weinte und ihre Nase triefte. Sie sagte nichts und sah in die andere Richtung. Ich gab ihr ein Stück von meinem Kuchen und sie wischte sich die Nase ab, aber sie triefte sofort wieder. Sie versuchte, den Rotz hochzuziehen, aber auch das half nicht. Wir standen einfach still nebeneinander. Ich wusste nicht so recht, was ich sagen sollte, und dann fragte sie plötzlich, ob ich nach der Schule mit zu ihr nach Hause kommen wolle, sie wohne in derselben Straße wie ich, sagte sie, und darüber freute ich mich.
Ich sah, dass die anderen uns anschauten. Ich sah sie flüstern und kichern. Ich fragte mich, warum sie so gemein waren. Aber es war mir ziemlich egal. Ich hatte Schnief und Schnief hatte mich.

Schnief wohnt in einem schönen Haus mit glänzenden Fußböden und einer großen, blitzblanken, aufgeräumten Küche, doch ihr Zimmer ist kleiner als meins. Sie hat viele Bücher, viel mehr als ich, Bücher über Wölfe und Pferde und Kinderbanden und Internatsmädchen, die allerlei

Streiche machen. Und sie hat auch viele Comics. Als ich zum ersten Mal dort war, sah ihre Mutter mich ein wenig mürrisch an. Aber Schnief sagte, dass ich neu sei und dass ich ihr ein Stück von meinem Kuchen gegeben hätte. Ihre Mutter wurde gleich freundlicher, sie sagte, dass sie froh sei, dass Schnief endlich eine Freundin hätte. Wir sahen uns an, wurden knallrot und ich sagte, dass die Klasse voller Mäuse sei. Darüber mussten wir alle drei lachen.

Hinter dem Haus ist ein hoher Sandberg. Schnief sagt, dass er dort ist, seit die Nachbarn angefangen haben zu bauen. Sie holte ihr Fahrrad, ich durfte auf dem Gepäckträger sitzen. Wir schoben das Rad auf den Sandberg und fuhren hinunter. Manchmal blieben die Räder im Sand stecken und wir rollten übereinander. Wir bekamen blaue Flecken und der Sand drang in unsere Kleider und Schuhe. Wir fanden es nicht schlimm. Wir schoben das Fahrrad immer wieder den Berg rauf und rollten hinunter. Aber dann tauchte Biest plötzlich auf, Schniefs Schwester. Sie wollte auch auf den Gepäckträger und wir stritten uns.

Immer wenn ich bei Schnief war, war Biest auch

da. Wenn ich ein Buch nahm, das ich lesen wollte, wollte sie ausgerechnet dieses Buch auch haben, wenn wir ein Stück spazieren gingen, lief sie hinter uns her, wenn wir ein Spiel machen wollten, wollte sie immer mitspielen. Immer gab es Krach. Dann fing sie an zu kreischen und zu heulen. Und dann kam ihre Mutter und hielt uns eine Standpauke. Und wenn sie wieder weg war, lachte Biest uns mitten ins Gesicht aus.

Darum spielten wir immer öfter bei mir zu Hause. Da traute Biest sich nicht hin. Ich hatte ihr gesagt, dass mein Papa sie verjagen würde, weil sie so gemein war. Und Schnief fand mein Zimmer auch schöner. Unser Garten ist größer, alles war größer und spannender bei uns zu Hause. Papa machte dann Haferflockenplätzchen für uns oder Käsebrote. Keine normalen Brote. Er backte sie kurz in der Pfanne, sodass der Käse schmolz und das Brot knusprig wurde. Das schmeckte vielleicht!

Wir hingen alte Laken und Decken über die Schaukel im Garten und krochen dann zusammen darunter, dicht nebeneinander. Schnief erzählte, dass Laus bei ihren Großeltern wohnte und dass Pferd so dumm war, weil ein Pferd ihm das Gehirn eingetreten hatte, als er klein war. Dass Schwein und Queen was miteinander hatten und dass Trottels Mutter sich totgegessen hatte. Sie war so furchtbar dick gewesen, dass sie nicht mal in einen normalen Sarg passte.

Ich erzählte ihr von den Augen im Haus und wir beschlossen, sie zusammen zu suchen. Mit einem Spazierstock und einem Besenstiel gingen wir in alle Zimmer – vorsichtig, weil wir gut aufpassen musste, wo wir hintraten – und klopften die Wände ab. Ich weiß nicht, was genau wir erwarteten, vielleicht, dass sie aus der Wand springen würden oder so. Wenn ich jetzt daran zurückdenke, finde ich es schon ein wenig kindisch. Aber damals fühlten wir uns zusammen einfach sehr stark. Wir flüsterten und zischten und manchmal schrien wir ganz laut, wir wollten den Augen Angst einjagen. Wir krochen auf den Knien über den Fußboden, Schnief mit einer Taschenlampe und ich mit einer Schachtel Streichhölzer. Wir versuchten, in jedes Loch, in jeden Spalt zu schauen. Vielleicht hielten die Augen sich ja dort versteckt. Ich verbrannte mir die Finger und sah nicht viel.

Plötzlich stand Biest im Zimmer, ich erschrak fast zu Tode. Erst dachte ich, dass sie ein Geist sei – ich hätte niemals gedacht, dass sie sich her trauen würde –, aber sie schubste mich und da wusste ich gleich, dass sie echt war. Sie fragte, was wir gerade spielten.

Ich sagte nichts, aber Schnief erzählte ihr gleich alles, mit zitternder Stimme und einer immer heftiger triefenden Nase. Ich hatte ihr ein paar Mal gesagt, dass es ein Geheimnis sei, ein Geheimnis zwischen uns beiden. Dass außer ihr niemand davon wusste, niemand etwas davon wissen durfte.

Biest lachte nur ganz laut.

Als sie weg waren, spürte ich die Augen in meinem Rücken brennen. Mir wird noch immer schlecht, wenn ich daran denke. Ich wollte Papa rufen, aber die Augen drückten mir die Kehle zu. Sie waren wütend, weil ich sie verraten hatte, weil ich sie mit Stöcken herausgefordert hatte.

Seitdem mache ich überall das Licht an. Auch, wenn die Sonne durch die Fenster scheint.

Manchmal wünsche ich mir, dass Tristan hier wäre.

Unten höre ich eine Tür zuschlagen.
Hat sie sich schon wieder den ganzen Tag eingeschlossen, ruft Mama, das ist jetzt schon der dritte Tag und du findest das normal!
Die Fensterläden klappern und draußen ist es noch dunkler als sonst, weil die Wolken die Sterne zudecken. Mama hat Pommes mitgebracht, ich kann sie riechen, und Maurien weint. Ich werde die Pfannkuchen aufessen, auch wenn sie inzwischen eiskalt geworden sind. Gleich lege ich mich in mein Boot und schaukle auf dem Wasser, der Sturm draußen ist ganz weit weg. Dann mache ich die Augen zu. Mein Boot ist groß und ich kann damit überall hin. Vielleicht fahre ich zu Oma.

9

Heute Morgen wurde ich von Mauriens Weinen wach. Es war noch sehr früh, etwa fünf Uhr. Ich hörte Mama aufstehen und ins Babyzimmer gehen und ich hörte sie hin und her gehen, während sie Maurien Kosewörter ins Ohr flüsterte. Wenn ich ganz laut plärren würde, so wie meine kleine Schwester, würde sie das auch bei mir tun?
Jetzt ist es still im Haus. Mama ist weg und Maurien auch, zum Glück. Bevor Papa zum Einkaufen weggefahren ist, hat er mir noch ein paar Brote mit Schokostreusel gebracht. Er klopft immer dreimal an die Tür und geht dann weg, als wenn wir es so ausgemacht hätten.

Wenn ich allein bin, muss ich oft an Oma denken. Es ist schon wieder eine ganze Weile her, dass wir bei ihr zu Besuch waren. Papa und Mama haben viel zu tun mit Maurien und Mamas Boutique und dem Haus. Ich würde gerne wissen, was Oma jetzt gerade macht. Vielleicht sitzt sie da und hört ihrer Uhr zu. Sie hat so eine große Standuhr, die ganz laut tickt. Wenn sie zur vollen Stunde schlägt, kann man es bis zu den Nachbarn hören, glaube ich. Oma kann bestimmt nicht in einem Boot schaukeln. Und sie wird auch keine Wolken an der Decke vorbeiziehen sehen. Vielleicht macht sie gerade Tee oder isst von ihrem selbst gebackenen Apfelkuchen – der Kuchen ist schon alt und trocken, weil es niemanden gibt, der ihn mit ihr zusammen aufisst – oder vielleicht staubt sie das Foto von Opa ab, der schon längst tot ist, oder das von Mama im weißen Kleid mit einem Krönchen auf dem Kopf, zwölf muss sie damals gewesen sein. Ich bin auch fast zwölf.

Manchmal erinnert Mama mich an das Märchen von dem Mädchen mit den roten Schuhen. Das geht so: Ein armes Mädchen möchte gerne rote Schuhe haben. Sie möchte sie so gerne, dass sie alles andere darüber vergisst. Sie vergisst sogar, für ihre alte Mutter zu sorgen. Aber als sie die Schuhe dann endlich hat, fangen sie an zu tanzen. Und sie hören niemals auf. Das Mädchen kann nicht mehr schlafen oder sich hinsetzen oder einfach kurz ste-

hen bleiben. Die Schuhe tanzen immer weiter. Sie wird so müde von dem ganzen Getanze und ist so verzweifelt, dass ihr schließlich nichts Besseres einfällt, als sich die Füße abhacken zu lassen.
Wenn Maurien krank ist und der Doktor kommt, hat Mama immer ihre roten Schuhe mit den superhohen Absätzen an. Und mit den Schuhen kann sie gar nicht anders als um ihn herum tanzen. Vielleicht stellt Oma gerade Blumen in eine Vase. Oder sie strickt eine Decke für Maurien, so eine wie sie auch für mich gestrickt hat. Wenn ich an Oma denke, fühle ich mich ein bisschen weniger allein. Weil sie auch allein ist. Und wenn man zu zweit allein ist, ist man nicht mehr richtig allein. Bloß weiß ich nicht, ob sie das weiß.

Ich höre ein Glöckchen bimmeln und das Getrippel von Katzenpfoten auf dem Holzfußboden. Das wird Brummerchen sein. Er sucht mich bestimmt und hat Hunger. Er ist sehr scheu. Nur vor mir hat er keine Angst mehr. Das war damals ganz anders, als er uns zugelaufen ist. Er saß zusammengekauert unter einem Gartenstuhl, bereit, bei der kleinsten Bewegung wegzuspringen. Ich blieb ganz still stehen, weil ich Angst hatte, dass er wegrennen würde, wenn ich meine Hand nach ihm ausstreckte. Ganz langsam habe ich mich hingehockt. Wir saßen eine Weile so da und starrten uns bewegungslos an. Und dann entspannte er sich plötzlich und kam auf mich zu. Er schmiegte den Kopf gegen meine Knie und fing an zu schnurren. Er schnurrt ganz laut, ich glaube, weil er selbst nicht hört, wie laut das ist. Wie eine Brummfliege.

Jedes Mal wenn er ein paar Tage weg war, kam er verängstigt und verwirrt zurück. Dann musste ich immer aufpassen, dass ich ihn nicht erschreckte, und dann fing das ganze Spiel wieder von vorne an. Ich musste wirklich viel Geduld mit ihm haben. Aber jetzt hat er sich an mich gewöhnt. Ich werde ihn schnell füttern. Es ist ja doch niemand zu Hause.

10

Es dauerte viel länger, als ich dachte. Im Schrank war kein Katzenfutter mehr. Also musste ich Reste zusammensuchen, Wurst und Käse und so, und in Stücke schneiden. Während Brummerchen sein Futter verschlang, streichelte ich ihn und erzählte ihm, was in der Schule passiert war und warum ich mich in mein Zimmer eingesperrt hatte und ihm nicht eher was zu Fressen gegeben hatte. Er schnurrte laut, und ab und zu drückte er den Kopf gegen mein Bein, als wenn er sagen wollte, dass er es nicht so schlimm fand.

Vielleicht kam es, weil ich mit Brummerchen sprach, dass ich Papa nicht hatte kommen hören, aber plötzlich stand er im Türrahmen. Brummerchen sah ihn zuerst. Er tauchte hinter mir weg und sein Schwanz plusterte sich ganz dick auf. Ich konnte mich nicht mehr bewegen. Wir standen dort und starrten uns eine Weile an, er uns und wir ihn. Dann ging er in die Küche und stellte die

Einkäufe auf die Spüle. Brummerchen schoss an ihm vorbei und flüchtete in den Flur. Ich schob mich vorsichtig an der Wand entlang Richtung Tür.
Nicht weglaufen, Manon, sagte Papa. Ich bin froh, dich zu sehen. Mama möchte so gerne, dass du heute Abend mit uns zusammen isst. Würdest du das tun? Ich koche Spaghetti, die magst du doch so gerne?
Er packte die Einkäufe aus und räumte sie ein, er hatte auch Katzenfutter gekauft. Ich war schon fast an der Tür. Hast du in dein Heft geschrieben?, fragte er und ich nickte. Zieh dich doch nicht so zurück, sagte er. Hast du keine Lust zu einem Spaziergang? Im Wald oder so, die Brombeeren sind bestimmt schon reif. Dann können wir Marmelade machen, bis Mama nach Hause kommt.
Ich war schon weg. Im Flur stolperte ich über die Farbeimer, die er mitgebracht hatte. Ich habe eine große Schramme am Knie und einen blauen Fleck auf dem Oberschenkel abbekommen.
Du wirst deiner Katze immer ähnlicher, rief er mir nach. Ich habe nichts gesagt. Ich habe meine Zimmertür abgeschlossen.

Ich habe keine Angst vor Papa. Ich meine, ich habe keine Angst, dass er mir was tun würde, dass er mich bestrafen würde oder so. Nein, so ist er nicht. Ich habe Angst davor, was er von mir denkt. Wenn ich mich jetzt im Spiegel sehen würde, würde ich nicht Manon sehen, sondern Manon mit den Teufelshänden.
Ich habe Angst, dass Papa mich auch so sieht.

11

Heute Nachmittag lag ein Wurstbrötchen vor der Tür. Ich hatte schon Backduft gerochen und bekam ganz viel Lust auf etwas Leckeres. In meinem Boot liegen nun lauter Krümel. Wenn ich in meinem Boot schaukle, kann ich durch die Zeit reisen. Ich kann selbst bestimmen, ob ich voraus oder zurück möchte. Wenn ich voraus will, lasse ich die Zeiger rasend schnell nach rechts drehen, wenn ich zurück möchte, lasse ich sie linksrum drehen. Ich möchte fast immer zurück.

Es ist eine Bullenhitze und wir sitzen in Tristans Zimmer, Liam und Maaike sind auch da. Ich mische die Karten und lege den Stapel zwischen uns. Wir ziehen reihum eine Karte. Maaike hat Karo Vier, Liam Pik Bube. Wahl, Wahrheit oder Pflicht?, ruft Liam. Maaike zögert. Wahrheit, sagt sie dann. Liam hat was vor, das sehe ich an seinen Augen. Bist du verliebt in den neuen Freund deiner Mutter?, fragt er. Maaike wird rot. Natürlich nicht, sagt sie. Du lügst, ruft Liam. Maaike schüttelt wild den Kopf. Gar nicht, sagt sie. Sie schweigt einen Moment und starrt verträumt aus dem Fenster. Aber ich finde ihn schon nett, sagt sie dann. Ich fände es toll, wenn er zu uns ziehen würde.

Ich freue mich für Maaike, aber ich sage: Ich hätte nicht gerne einen neuen Papa. Du hast ja auch einen Papa, sagt Tristan, und zwar einen besonders lieben. Maaike mischt die Karten. Ich ziehe Karo Dame, Tristan Karo Drei. Wahl, Wahrheit oder Pflicht?, frage ich. Pflicht, sagt Tristan. Ich weiß, was ich ihn fragen werde, ich habe schon öfter darüber nachgedacht. Würdest du zusammen mit mir ins Tiefe springen?, frage ich. Wir gehen öfter schwimmen, Maaike, Liam und ich. Tristan will nie mit. Er murmelt dann was vom stinkigen Chlorwasser und dass er andere Dinge zu tun hat. Aber ich glaube, dass er Angst vor Wasser hat.

Tristan greift nach den Karten, um sie zu mischen. Du musst antworten, Tristan, sagt Maaike. Wahrscheinlich kann er gar nicht schwimmen, sagt

Liam lachend. Und ob, sagt Tristan und schaut mich an. Okay, aber mit dir zusammen, sagt er. Und ich merke, wie mir ganz warm im Bauch wird.

Ich habe Herz Vier, Tristan Pik Bube. Wahl, Wahrheit oder Pflicht?, fragt er. Pflicht, sage ich. Flitzen, sagt er.

Wir werden alle ganz still. Flitzen ist eines unserer Geheimwörter. Alle haben es schon mal gemacht, seit wir den komischen Mann hinterm Spielplatz gesehen haben. Alle außer mir. Es ist ziemlich gefährlich. Wenn unsere Eltern jemals dahinter kommen, setzt's was.

Ich nicke. Ich mache meine Turnschuhe auf und ziehe mein T-Shirt aus. Tristan holt den langen Trenchcoat seiner Mutter. Maaike und Liam starren mich an. Ich zögere. Wir gehen zusammen, sagt Maaike, okay? Ich nicke wieder. Wenn sie auch dabei sind, finde ich es schon viel weniger schlimm. Aber ich zögere trotzdem. Maaike lacht und gibt mir einen Schubs. Komm, los, nicht so schüchtern, Manon, sagt sie. Es gibt Strände, wo alle nackt daliegen. Nackt oder im Badeanzug, viel Unterschied macht das auch nicht. Ich stehe mit der Jeans auf den Füßen da, als Tristan wieder ins Zimmer kommt. Ich sehe, wie seine Augen über meine noch neuen kleinen Brüste gleiten – ich bin eigentlich ziemlich stolz auf sie – und dann nach unten. Er wird rot und wirft mir den Mantel zu. Ich ziehe ihn an, er schleift ein wenig über dem Boden. Liam schaut kurz in den Gang, ob die Luft rein ist. Alles klar, ruft er.

Wir gehen durch den Gang, ich voran, Tristan dicht hinter mir. Maaike und Liam gehen Arm in Arm, die Nasen ein wenig in die Luft gestreckt und die Lippen zusammengekniffen. Sie ahmen Herrn und Frau Boonstra von unten nach. Das machen sie gerne. Ich fange an zu kichern, ich kann nichts dafür. Tristan knufft mich in den Rücken.

Wir nehmen den Aufzug und lassen ihn immer wieder rauf und runter fahren. Niemand sagt was. Wir starren auf die Türen. Ich bekomme Bauchschmerzen und vor Kälte und Spannung rieseln mir Schauer über den Rücken.

Und dann hält der Aufzug und mit einem TING gehen die Türen auf. Jetzt werde ich rot. Tristans Mutter sieht uns ein wenig erstaunt an. An einem

Arm hängt eine ihrer Freundinnen, am anderen baumeln vier große Plastiktaschen. Tristan sagt, dass sie mit ihrem Kleiderschrank die ganze Welt ankleiden könnte.

Hallihallo, sagt sie, spielt ihr schön? He, Manon, du siehst aber seltsam aus. Ist das nicht mein Trenchcoat?

Liam beißt sich auf die Unterlippe und Maaike sieht mich mit großen Augen an. Nicht tun, Manon, flüstert sie. Aber ich tue es doch. Mit einer großen Gebärde öffne ich den Mantel und strecke den Bauch ein wenig vor. Ich sehe, wie sie nach Luft schnappen. Wir spielen flitzen, sage ich, müssen Sie auch mal machen. Und dann renne ich weg. Ich fühle Tristans Atem in meinem Nacken. Als ich über die Schulter schaue, sehe ich gerade noch, wie Tristans Mutter Maaike am Arm fasst, aber sie reißt sich los. Wir rennen durch den Gang, die Treppen rauf zu Maaikes Wohnung. Wir lassen uns keuchend auf ihr Bett fallen und brüllen vor Lachen. Mich fröstelt's und ich krieche in Maaikes Bett, unter ihre warmen Decken. Es riecht nach ihr.

Ich hätte nicht gedacht, dass du es tun würdest,

sagt Liam. Was erzählst du deiner Mutter bloß, Tristan?, frage ich. Tristan grinst. Ich lass mir schon was einfallen, sagt er. Wir haben Streit bekommen und ich habe dich in die Badewanne geschubst und deine Sachen waren nass. Also habe ich dir ihren Mantel geliehen. Irgendwas. Maaike schüttelt den Kopf. Das glaubt deine Mutter dir nie. Bestimmt nicht, wenn sie Manons trockene Sachen in deinem Zimmer findet. Du kriegst bestimmt ordentlich eins auf den Deckel. Macht nichts, sagt Tristan und streichelt mir kurz über die Wange. Ich fand das total mutig von dir.

Wenn ich in meinem Boot schaukle, reise ich oft zurück in der Zeit. Dann lande ich ganz von selbst bei Tristan. Und bei Maaike und Liam.

Ich höre eilige Schritte im Flur. Maurien weint schon wieder. Mama ist zu Hause. Hast du ihr ein Wurstbrötchen gebracht?, ruft sie. Ihre Stimme klingt scharf. Papa murmelt etwas, das ich nicht verstehen kann. Aber jetzt wird sie wieder nicht zum Essen runterkommen wollen, ruft Mama, ich habe es dir gestern noch gesagt. Ich will nicht, dass du ihr Essen bringst. Sie kommt jetzt schon seit Tagen nicht aus ihrem Zimmer. Wie lange will sie das noch machen? Wenn sie so dickköpfig ist, soll sie eben Hunger leiden. Mein Gott, wann hört sie endlich auf mit diesem Unfug? Als wenn wir Scheusale von Eltern wären.

Maurien weint jetzt noch lauter. Sie hustet auch. Sie kommt oft krank aus der Krippe. Mama wird den Doktor bestimmt wieder anrufen. Maurien braucht nur einen Mucks von sich zu geben und schon steht er vor der Tür.

Wenn Mama mit dem Doktor redet, klingt ihre Stimme ganz anders. Ich frage mich, ob Papa das auch hört.

12

Unser Garten ist von einer meterhohen Mauer umgeben, ich kann sie von meinem Zimmer aus sehen. Früher lag dahinter eine kleine Fabrik, unser Haus ist eigentlich das alte Haus vom Direktor, darum ist es so groß. Die Fabrik ist irgendwann mal bis auf den letzten Stein abgebrannt. Die Mauer ist mit Weinreben bewachsen und dazwischen ranken sich Geißblatt und Jasmin empor. Der Wein und das Geißblatt waren schon da, als wir hierher gezogen sind, den Jasmin habe ich mir ausgesucht.

Papa träumt davon, aus unserem Haus ein Kinderhotel zu machen. Für Eltern, die mal ohne Kinder in Urlaub fahren möchten oder plötzlich ein paar Tage weg müssen, sagt er. Er hat schon ein paar Zimmer fertig. Aus einem hat er einen Urwald gemacht. Er hat Papageien und Affen, Lianen und Bananenstauden auf die Wand gemalt, und zwischen den Stämmen baumelt eine Hängematte. Eine echte. An einem dicken Seil kann man ins Hochbett klettern, es sieht mehr aus wie eine Blockhütte. Es gibt auch ein Zimmer, das aussieht wie ein U-Boot. Durch die Bullaugen sieht man Delphine vorbeischwimmen. Und durch ein Periskop kann man alles sehen, was im Gang geschieht. Außerdem gibt es noch ein Raumschiff, ein Zeltlager und den Mondpalast. Papa braucht keine Stöcke, um die Augen zu verjagen. In den Zimmern, die er hergerichtet hat, stoße ich nie mehr auf sie.

Aber es gibt noch viel mehr Arbeit und es geht nicht sehr schnell. Er muss noch mindestens zehn Zimmer herrichten. Es müssen Duschen gebaut werden, eine extra große Küche, ein Essraum und ein Spielzimmer. In manchen Räumen muss der Fußboden ersetzt werden, und als Papa die Tapeten abkratzen wollte, bröckelte der Putz von den Wänden.

Mama kann es nicht mehr ertragen. Sie jammert, dass das Haus immer ein Dreckhaufen ist, wenn sie nach Hause kommt, und sie deshalb nie Freunde einladen kann. Manchmal verliert sie wirklich die

Nerven. Ich bin es satt, satt, satt!, schreit sie Papa dann an. Jeden Tag diese Baustelle. Und ständig dieser Staub, das ist nicht gut für Maurien. Was machst du eigentlich den ganzen Tag? Sind die Zimmer denn noch immer nicht fertig?
Ich glaube auch, dass das Geld zu Ende geht. Sie streiten sich oft über Rechnungen, die noch nicht bezahlt sind. Eines Tages kam Mama wieder wütend nach Hause – ich höre es daran, wie sie die Tür hinter sich zuschlägt. Im nächsten Augenblick stand sie auch schon in meinem Zimmer. Manon, wann lernst du endlich, das Licht auszumachen, sagte sie verärgert. Das Haus sieht aus wie ein Tannenbaum mit all den Lichtern, die in sämtlichen Zimmern brennen! Meinst du, dass uns das Geld auf dem Buckel wächst? Wenn Papa versucht, sie zu beruhigen, wird sie nur noch wütender.
Ab und zu dreht sie ganz durch. Einmal schrie sie, dass sie sich nicht von ihm hätte überreden lassen dürfen, das Haus zu kaufen. Es ist alt und viel zu groß, schrie sie. Es kostet Unmengen von Geld. Und ein Kinderhotel in so einem Kuhdorf, wer wartet denn schon darauf. Du immer mit deinen wilden Träumen.

Wenn sie sich so streiten, flüchte ich nach oben, so hoch es geht, bis ich sie nicht mehr hören kann, bis rauf auf den Spitzboden. Durch das Dachfenster kann ich den Himmel sehen und manchmal die Sterne und den Mond. Oder die Vögel. Dann fühle ich mich näher bei mir selbst.
Ich habe Schnief mal davon erzählt. Von den Streitereien meine ich. Jetzt weiß es die ganze Klasse. Und auch das von Tristan.

Aber in der letzten Zeit sprechen Papa und Mama öfter tagelang gar nicht miteinander. Dann ist es sehr still am Tisch. Ich höre mich selbst kauen und schlucken. Ich habe Angst, dass sie es auch hören. Manchmal sehe ich, dass Papa Mama anschaut und sie es auch merkt, aber in die andere Richtung sieht. Und ich weiß nicht, was ich schlimmer finde: die lauten Streitereien oder die Stille.
Mama geht auch viel aus, abends. Zum Yogaunterricht, sagt sie. Und manchmal nimmt sie Maurien mit und bleibt ein paar Tage bei einer Freundin. Das sagt sie jedenfalls. Ich weiß nicht, ob ich ihr glaube.
Ich wollte, dass Tristan hier wäre, der Urwald

würde ihm bestimmt gefallen. Aber noch viel lieber wäre ich bei Tristan. Ich denke jeden Tag an unsere Wohnung im Hochhaus in der Stadt, an Tristan und Liam und Maaike. Ich brauchte nur in den Aufzug zu steigen, um bei ihnen zu sein. Wir spielten Basketball und Fangen auf dem Platz. Und wir gingen skaten. Erst hat Mama es verboten, sie fand es zu gefährlich. Aber ich bekam die alten Inline-Skates von Maaike und Tristans Knieschoner. Platz genug zum Spielen. Und Straßen. Und dann sagte Papa plötzlich, dass er umziehen wollte. Er brauchte mehr Platz. Das verstand ich nicht. Er wollte auch gerne einen Garten. Ich würde eine Katze bekommen und eine Schaukel und ein großes Zimmer zum Träumen. Das machst du doch gerne, was Manon, träumen, sagte er. Ich fragte mich, woher er das wusste.

Mama wollte eigentlich gar nicht weg aus der Stadt und ich auch nicht. Warum hat er seinen Willen bloß durchgesetzt? Das ist kein schöner Ort zum Wohnen. Auch wenn das Hotel fertig ist, wird niemand darin wohnen wollen, da hat Mama schon Recht.

13

Ich habe mich oben auf den Treppenabsatz gesetzt und gelauscht. Mama lachte viel. Sie redeten leise, sie und der Doktor, als wenn sie lieber nicht wollten, dass jemand sie hörte. Der Wind ließ die Fensterläden klappern, sodass ich nicht viel verstehen konnte.
Tag Lotte, du siehst mal wieder ..., sagte der Doktor. Es wird wohl ›du siehst mal wieder umwerfend aus‹ gewesen sein. Mama sieht immer gut aus, wenn der Doktor kommt. Sie hat bestimmt wieder ihre roten Schuhe an. Und ich konnte ihr Parfüm bis oben riechen.
Ich fühle mich immer ein wenig seltsam, wenn ich hier reinkomme, sagte er. Und Mama antwortete etwas mit zu Hause, ich konnte es nicht genau verstehen. Sie hängte seine Jacke an die Garderobe, ich konnte die Schatten an der Wand sehen. Und ich konnte auch sehen, wie er seine Hand auf ihre Schulter legte und wie sie langsam ins Wohnzimmer spazierten, fast flüsternd.

Bei der Skulptur, die Papa von ihr gemacht hat, blieb er kurz stehen und ließ seine Finger darüber gleiten. Ich hörte Mama lachen ... kaufen, sagte sie. Ich wollte rufen: Mama kann man nicht kaufen, aber ich habe es zum Glück nicht getan. Sonst hätten sie mich gesehen.

Während Mama und der Doktor bei Maurien sind, hängt Papa im Garten Vogelfutter auf. Futtersäckchen und Fettringe mit Körnern für die Vögel zwischen dem Geißblatt und dem Jasmin. Ich sah, wie er die Leiter immer wieder verstellte, und ich sah Brummerchen wieder in Jagdhaltung unterm Haselbusch liegen. Ich werde Brummerchen sagen, dass er die Vögel in Ruhe lassen soll, aber ich glaube nicht, dass er auf mich hören wird. Er frisst alles auf, was in seine Nähe kommt: Spinnen, Ameisen, Schmetterlinge, Fliegen, Mäuse. Ich habe sogar schon eine halb kahl gefressene Taube im Garten gefunden. Nur Kröten mag er nicht.

Der Doktor sieht jünger aus als Papa, auch jungenhafter. Er sieht dem neuen Freund von Maaikes Mutter ein wenig ähnlich. Maaike würde er auch gefallen, glaube ich. Er hat eine Haartolle und trägt einen Nadelstreifenanzug. Papa läuft immer in Arbeitsklamotten rum. Seine Schuhe und seine Fingernägel sind immer schmutzig. Der Doktor hat saubere Fingernägel und blitzblanke Schuhe, das habe ich schon oft gesehen.

Ich habe die Haustür ins Schloss fallen hören, der Doktor ist weg. Mamas Stimme klingt wieder scharf. Nein, du bringst kein Essen nach oben, sagt sie. Wenn sie morgen nicht herunterkommt, dann werde ich mal ein wenig nachhelfen.
Ich rieche Spaghetti. Papa macht superleckere Spaghetti. Wenn sie gleich im Bett sind, schleiche ich mich vorsichtig in die Küche. Papa bewahrt mir bestimmt eine Portion auf.

Manchmal läuft Mama im Bademantel durchs Haus und hat eine Schlammmaske aufgetragen. Sie summt oder singt lang gezogen oooooohmmmm, das hat sie beim Yogaunterricht gelernt, sagt sie. Ich habe sie mal gefragt, warum genau sie das macht. Sie lächelte nur und ihre Maske bekam Sprünge.

14

Wir wussten nie, wann sie uns schnappen würden. Oder wie.
Manchmal ließen sie uns ein paar Tage in Ruhe. Wir waren dann einfach Luft für sie. Aber immer, wenn wir gerade anfingen, sie zu vergessen, schlugen sie zu: Queen, Schwein und die Mäuse.
Sie trieben uns in eine Ecke des Schulhofs und umzingelten uns in einem dichten Kreis, sodass wir nicht weg konnten und die Lehrerin nicht sehen konnte, was dort genau geschah. Pferd drückte uns gegen die Wand und Laus trat, wo immer sie uns treffen konnte. Manchmal spuckten sie auch, sie zielten auf unsere Nasen. Schnief fing dann immer ganz laut an zu schniefen, aber darüber mussten die Mäuse bloß noch mehr lachen.
Einmal mussten wir Queens Schuhe küssen und auch die von Schwein. Laus griff mir in den Nacken und drückte mich auf den Boden. Ich versuchte mich zu wehren, aber sie war zu stark. Ge-

nau in dem Moment, als ich meinen Kopf neigte, trat Schwein nach oben gegen mein Kinn, sodass ich mir auf die Lippe biss und zu bluten anfing. Ein anderes Mal sagte Queen, dass wir stinken würden und dringend eine Dusche bräuchten. Pferd schüttelte eine Dose Cola wild hin und her, riss sie auf und schüttete sie über uns aus. Mein Kleid klebte an meiner Haut und mein Heft bekam lauter Flecken. Queen lässt die anderen immer die Drecksarbeit machen. Alle Mäuse gehorchen ihr, als wenn sie willenlose Schafe wären. Als wir zurück in die Klasse kamen, schimpfte die Lehrerin uns aus – natürlich wieder großes Mäusegekicher –, aber wir trauten uns nicht, was zu sagen. Wenn wir petzen würden, würden sie uns noch härter anpacken, das war uns klar.
Nach der Schule rannten wir nach Hause, wir hatten unheimliche Angst, dass sie uns verfolgen würden. Wir versteckten uns in meinem Boot unter Omas Decke. Schnief war ganz rot und ihre Augen waren geschwollen und tränten. Ich tröstete sie und sagte, dass die Mäuse sich jetzt ein paar Tage zurückhalten würden, sie wollten nicht, dass die Lehrerin etwas bemerkte. Wir mussten künftig

besser aufpassen. Wir würden mehr in der Nähe der Lehrerin bleiben, dann würden sie sich nicht trauen, uns was zu tun. Sie haben selbst Angst, sagte ich, und auch: Wenn wir zusammenbleiben, kann uns nie etwas wirklich Schlimmes geschehen. Darum schlossen wir einen Bund. Wir würden zusammenbleiben. Für immer.

Ich wollte gerade in die Küche gehen, Papa hatte bestimmt einen großen Teller Spaghetti für mich aufgehoben. Aber die Tür vom Elternschlafzimmer stand offen und ich traute mich nicht vorbei. Ich blieb stehen, ich wusste nicht so recht, was ich machen sollte. Ich konnte wirklich nichts dafür, dass ich ihr Gespräch belauschte. Mama sagte, dass Andreas – das ist der Doktor – einen guten Preis für die Skulptur zahlen wollte. Sie ist unverkäuflich, sagte Papa. Und dann klang Mamas Stimme wieder scharf: Wir können das Geld gut gebrauchen. Und: Warum musst du immer so dickköpfig sein. Das hat deine Tochter von dir.
Als wenn er mich allein in die Welt gesetzt hätte.
Maurien fing an zu weinen und ich hörte Mama

aufstehen. Ich bin schnell wieder in mein Zimmer gegangen und habe die Tür abgeschlossen.
Mama ist jetzt mit Maurien unten. Ich werde noch eine Weile warten müssen. Hoffentlich dauert es nicht zu lange.

Am Tag vor unserem Umzug hat Papa einen großen Topf Spaghetti für Maaike, Liam, Tristan und mich gemacht. Er ist mit Mama ins Kino gegangen und wir sind den ganzen Abend zusammen zu Hause geblieben. Wir hatten das Licht ausgemacht und Kerzen angezündet, das war feierlicher, obwohl es ja nichts zu feiern gab. Wir saßen dicht nebeneinander auf dem Sofa. Ich hatte mich langsam zur Seite fallen lassen, bis mein Kopf in Tristans Schoß lag, er streichelte an meinen Haaren herum.
Ich hatte das Gefühl, dass wir alle ein wenig Abschied voneinander nahmen. Liam war schon eine Weile bei einer Theatergruppe. Er hatte jetzt zum ersten Mal eine große Rolle bekommen – er durfte den Bösen Wolf spielen – und würde in den kommenden Wochen viel proben müssen. Das war das Richtige für Liam. Er tat nichts lieber, als verkleidet durch die Gegend laufen. Manchmal

sprang er auf einen Tisch oder eine Mauer und fing an, verrückte Geschichten zu erzählen. Wir mussten immer furchtbar über ihn lachen.
Tristan jammerte, dass er überhaupt keine Lust hatte zu verreisen, und schon gar nicht zu seiner dicken Tante in Spanien. Man kommt besser nicht in ihre Nähe, sagte er, wenn sie dich erwischt, bist du so platt wie eine Feige.
Normalerweise quatschte Maaike immer ununterbrochen und stillsitzen konnte sie schon gar nicht. Aber an diesem Abend lag sie verträumt auf dem Sofa und hielt die Lippen fest zusammengepresst.
Ich sage euch doch, dass Maaike verliebt ist, meinte Liam. Findest du auch, dass er so gut aussieht?, fragte er mich. Er hörte nicht auf, Maaike mit dem neuen Freund ihrer Mutter aufzuziehen. Liam gibt nie auf. Schließlich hielt Maaike es nicht mehr aus. Nicht in ihn, du Idiot!, schrie sie, er hat einen Sohn! Wir waren völlig baff, wir kriegten uns nicht mehr ein vor Lachen. Maaike auch nicht.

Es ist schon spät. Mama ist noch immer unten mit Maurien. Ich glaube, dass ich jetzt mal schlafen gehe.

15

Ein paar Wochen nach der Cola-Dusche hatte die Lehrerin die tolle Idee, in den Wald zu gehen. Sie kündigte den Ausflug ziemlich triumphierend an und ich sah, wie Queen zu Schwein hinüberschaute und nickte. Schwein setzte wieder so ein grässliches Grinsen auf. Pferd sah mich herausfordernd an, kaute mit offenem Mund und stellte den Kragen seiner Jacke hoch. Das war echt ein Tick von ihm. Mir wurde schlecht. Ich war mir sicher, dass sie etwas mit uns vorhatten. Ich habe noch kurz daran gedacht, der Lehrerin zu sagen, dass mir übel sei, und sie zu fragen, ob ich nach Hause durfte. Aber dann wäre Schnief ganz allein mit ihnen gewesen. Und wir hatten einander versprochen zusammenzubleiben. Immer.

Wir gingen ganz vorne, hinter der Lehrerin, zwischen den Feldern und Weiden hindurch bergauf, in den Wald auf dem Hügel. Schnief biss sich auf die Lippen und schaute auf ihre Schuhspitzen. Ich

sah, dass sie jeden Moment in Tränen ausbrechen konnte. Wenn wir in der Stadt gewesen wären, wäre ich weggelaufen – ich hätte sie mitgezogen –, dort gibt es genug Straßen, in denen man sich verstecken kann. Dort findet dich niemand, wenn du es nicht selbst möchtest. Aber hier hat der Wind freies Spiel. Ich versuchte, Schnief zu trösten, ich sagte zu ihr, dass sie sich nicht trauen würden, uns etwas zu tun, wenn wir nur in der Nähe der Lehrerin blieben. Aber ich hörte die Mäuse hinter uns tuscheln und kichern und ich spürte ihre Augen in meinem Rücken.
Natürlich haben sie es geschafft. Sie kreisten uns ein, wir konnten nicht mehr weg und ich fragte mich, wo die Lehrerin plötzlich geblieben war. Später hörte ich, dass Trottel sie mit einer Ausrede weggelockt hatte.
Schnief weinte laut, sie war zu Tode verängstigt, aber sie ließen sie in Ruhe. Sie hatten es auf mich abgesehen, ich verstand nicht, warum. Schwein hielt mich mit beiden Händen an der Jacke fest und zerrte mich zurück, sodass ich strauchelnd gegen einen Baum fiel. Er zog mich hoch und schubste mich wieder. Ich stolperte, prallte erneut

gegen den Baum, stolperte, fiel. Und die ganze Zeit hörte er nicht auf zu grinsen.
Laus trat mir in den Bauch und in den Rücken, sie machte immer weiter. Es schien ihr Spaß zu machen, mir wehzutun. Sie musste doch wissen, wie man sich dann fühlt. Ihr Vater holt sie manchmal von der Schule ab, aber ich glaube, dass es ihr lieber ist, wenn er nicht kommt. Meistens bleibt er im Auto sitzen, den Motor lässt er laufen. Wenn es sehr warm ist, lehnt er mit verschränkten Armen gegen die Motorhaube. Er schaut immer wütend aus. Einmal habe ich gesehen, wie er auf Laus zustürmte und ihr eine Ohrfeige verpasste. Er packte sie am Arm und zerrte sie ins Auto. Er kniff ziemlich fest zu, das konnte ich sehen, aber Laus ließ sich nichts anmerken. Als sie im Auto saß, kauerte sie sich zusammen und er fuhr mit quietschenden Reifen davon. Ich weiß nicht, was sie getan hatte, dass er so wütend war, aber ehrlich gesagt glaube ich nicht, dass man dafür viel zu tun braucht. Ich bin jedenfalls froh, dass er nicht mein Vater ist. Papa würde so etwas nie machen. Tristan hatte Recht: Ich habe einen guten Vater. Daran musste ich auch denken, während sie mich traten.

Schwein zog mich an den Haaren hoch und Queen sagte: Wenn du uns noch ein einziges Mal nachspionierst, jagen wir Balthasar auf dich. Und dann zog mir Pferd die Hose aus und stopfte sie mit Blättern voll, während mich Schwein eisern festhielt. Balthasar. Das ist Schweins Hund. Ich hasse Hunde. Mistviecher sind es.

Schnief und ich hatten ein paar Tage zuvor vom Graben aus den Bauernhof beobachtet, in dem Schwein wohnt. Ich wollte wissen, was Queen und er nun eigentlich genau miteinander hatten. Aber ich fragte mich, woher sie nur wussten, dass wir da gewesen waren.

Ich hatte genug davon. Als sie weg waren, sagte ich zu Schnief, dass ich in die Stadt fahren würde. Ich würde Tristan und Liam und Maaike holen, ihnen alles erzählen. Zusammen würden wir Schwein und Queen einen Denkzettel verpassen. Das hätte ich nicht tun sollen.

Brummerchen läuft mit einem roten Schwanz herum. Er huschte in mein Zimmer, als ich das Brötchen holen wollte, das Papa für mich vor die Tür gestellt hatte. Er hat sich die Vorderpfote verletzt.

Ich habe versucht, Jod darauf zu tun, aber er wehrte sich wie wild. Er hat sogar versucht, mich zu beißen, das hat er noch nie gemacht. Ich konnte meine Hand zum Glück rechtzeitig wegziehen, aber dadurch habe ich das Jod fallen gelassen. Darum ist sein Schwanz jetzt rot. Und auch die Decke von Oma und das Wasser.
Ich weiß nicht, was ich jetzt machen soll. Soll ich Papa bitten, mir zu helfen? Sonst entzündet sich Brummerchens Pfote womöglich.

16

Als Brummerchen Papa sah, plusterte sich sein Schwanz auf, aber ich hielt ihn zum Glück gut fest. Ich sprach leise mit ihm. Du brauchst keine Angst zu haben, sagte ich, wir tun dir nur ein ganz kleines bisschen weh, das ist das Beste für dich, deine Pfote wird dann schneller wieder heil. Er hat mich noch nie so böse und traurig angeschaut. Als wenn ich ihn verraten hätte. Zum Glück war es ganz schnell vorbei. Papa ist geschickt in solchen Dingen, das weiß ich. Brummerchen verkroch sich sofort hinter mein Boot.

Papa schraubte das Jodfläschchen zu und fragte, ob ich immer noch keine Lust zu einem Spaziergang hätte. Er erzählte wieder von den Brombeeren, er weiß, dass ich ganz verrückt nach Brombeeren bin. Ich zeigte auf das Heft. Wenn es fertig ist, sagte ich, versprochen.

Darüber musste er kurz nachdenken. Er nickte und lächelte und drückte mir einen Kuss auf die Stirn. Ich werde es Mama sagen, einverstanden?

fragte er. Und dann ging er aus meinem Zimmer und zog die Tür hinter sich zu. Ich wollte hinter ihm herrennen, ich wollte nicht, dass er wegging. Aber ich habe es nicht getan.
Ich bin in mein Boot gekrochen, unter Omas Decke, das Heft auf dem Schoß. Brummerchen legte sich auf meine Füße, das war schön warm. Ich musste ganz tief seufzen.
Es wird immer schwieriger, über das zu schreiben, was genau passiert ist. Manchmal muss ich weinen, und wenn ich einmal anfange, kann ich kaum noch aufhören.

Vor ein paar Tagen kamen Schnief und Biest mich abholen. Schnief hatte wieder rote Heulaugen, sie sagte nichts und starrte auf ihre Schuhspitzen. Ich dachte, dass sie sich vielleicht gerade gestritten hatten, vielleicht wollte Schnief nicht, dass Biest mitkam, aber ich kannte Biest inzwischen: Wenn sie sich etwas in den Kopf gesetzt hatte, konnte man es selbst mit einem Hammer nicht wieder rausschlagen.
Biest war aufgeregt. Auf dem Bauernhof von Schwein sei ein Kälbchen mit fünf Beinen gebo-

ren worden, sagte sie, sie würden dorthin gehen. Ob ich mit wollte? Ich glaubte ihr nicht. Das gibt's nicht, sagte ich, ein Kalb mit fünf Beinen. Und ob, sagte sie, komm mit und sieh's dir an. Erst wollte ich nicht, ich traute ihr nicht. Vor allem, weil Schnief immer noch auf ihre Schuhe starrte. Aber Biest ließ nicht locker. Und ich war auch ein wenig neugierig. Also bin ich mitgegangen.

Wir liefen die Straße hinunter und nahmen den Weg, der zwischen den Weiden und Feldern aufwärts führt, auf den Hügel, wo Schwein wohnt. Treckerreifen hatten tiefe Spuren in die Erde gegraben. Ich musste aufpassen, wohin ich trat, um nicht auszurutschen und im Matsch zu landen. Es hatte nachts kräftig geregnet. Ab und zu schaute ich mir die Stiere auf der Weide links von uns an. Ich hatte Angst, dass wir sie störten. Vielleicht würden sie wütend werden und hinter uns her rennen. Ich hatte schon wilde Geschichten über sie gehört. Ich fand es seltsam, dass Schnief und Biest die ganze Zeit hinter mir gingen. Manchmal ging ich langsamer, aber dann gingen sie auch langsamer.

Plötzlich sprangen sie hinter einer dicken alten Kopfweide hervor, Schwein und Queen, und Laus und Pferd waren auch dabei. Ich hatte sie nicht gesehen. Ich war zu überrascht, um wegzurennen. Bevor ich begriff, was geschah, lag ich auch schon im Gras und Schwein saß auf mir. Ich versuchte, ihn wegzudrücken, ich trat um mich. Aber dann hielt Pferd meine Beine fest. Ich konnte mich nicht mehr bewegen, so sehr ich es auch versuchte, sie waren viel stärker als ich. Ich konnte Queens Slip sehen. Sie stand mit verschränkten Armen dicht neben mir. Biest lachte und Laus rupfte ein Grasbüschel aus. Sie wollten es mir in den Mund stopfen, aber ich presste die Lippen fest zusammen. Da hielten sie mir die Nase zu. Ich versuchte mich loszureißen, es ging nicht.
Ich schnappte nach Luft. Laus stopfte mir das Grasbüschel in den Mund und hielt mir den Mund zu. Friss!, sagte sie wieder. Ich dachte, dass ich ersticken würde. Ich fing an zu würgen und zu husten, ich wurde ganz rot. Ihr Griff lockerte sich ein wenig, ich konnte mich umdrehen und alles ausbrechen, alles, auch das Mittagessen.
Queen zischte mir ins Ohr: Das nächste Mal lassen

wir dich Kuhscheiße essen und deine Freunde auch. Das kannst du ihnen schon mal bestellen. Ich weiß noch, dass ich eine Weile dort liegen geblieben bin, niemand kam, um mir zu helfen. Auch Schnief nicht. Als ich es endlich schaffte, mich aufzurappeln, zitterten meine Knie so stark, dass ich kaum gehen konnte. Zum Glück war Mama nicht da, und Papa arbeitete im Garten. Ich wollte nicht, dass sie mich so sahen. Ich habe bestimmt eine Stunde in der Badewanne gelegen. Danach habe ich mein Zimmer abgesperrt. Zum ersten Mal hatte ich richtig Angst, am nächsten Tag zur Schule zu gehen.

An diesem Abend habe ich Tristan angerufen. Erst war es eine ganze Weile still an der anderen Seite der Leitung und dann sagte er – er klang wütend, das konnte ich hören –, Manon, warum verdammt noch mal hast du nicht eher angerufen. Ich habe tagelang auf deinen Anruf gewartet. Warum hast du denn nicht selbst angerufen, antwortete ich bissig. Ich hatte deine neue Telefonnummer nicht, sagte er. Du Idiotin hast vergessen, sie meiner Mutter zu geben.

Ich konnte nichts mehr sagen. Ich wollte nicht losheulen, ich wollte nicht, dass Papa und Mama etwas merkten. Wir verabredeten uns für Samstag. Er sagte: Du findest uns schon.
Als ich den Hörer auflegte, spürte ich die Augen wieder in meinem Rücken. Sie hatten vielleicht eine Weile geschlafen, aber jetzt waren sie wieder wach. Sie drangen sogar nachts in mein Zimmer. Zum Glück hatte ich Omas Decke noch. Unter Omas Decke fühlte ich mich geborgen. Ich war mir sicher, dass sie mich beschützte. Und mit meinem Boot reiste ich zurück in der Zeit.

Papa setzte mich an diesem Samstag am Spielplatz hinter unserem Hochhaus in der Stadt ab, er ging einkaufen und würde mich ein paar Stunden später wieder abholen. Aber als ich auf den Spielplatz gehen wollte, sah ich sie auf der Mauer auf der anderen Seite sitzen: Tristan und ein Mädchen mit langen schwarzen Zöpfen. Ich versteckte mich schnell hinter einem Auto. Sie hatte seinen Pulli an, das sah ich sofort. Tristan sprang von der Mauer, er hielt ein kleines Radio in der Hand und fing wild an zu tanzen. Sie lachte und er zog sie an sich. Einen Moment tanzten sie zusammen und dann drehten sie sich um und gingen weg. Ich bin nicht hinter ihnen her gegangen. Ich habe gewartet, bis Papa mich wieder abholte, über zwei Stunden später.

Ich hätte Tristan natürlich eher besuchen sollen, ich hätte eher anrufen sollen. Ich hätte nicht so dickköpfig sein sollen.

17

Vielleicht hätte ich Papa und Mama alles erzählen sollen. Aber Mama schleppte damals ihren dicken Bauch zur Arbeit und wieder zurück. Wenn sie abends nach Hause kam, war sie oft todmüde. Und am Wochenende wollte sie am liebsten lange ausschlafen und faulenzen und in Ruhe gelassen werden. Ich versuchte, ihr so viel wie möglich zu helfen. Papa hatte mit dem Haus genug zu tun.

Und was hätte ich übrigens sagen sollen? Dass niemand mich mochte? Ich hatte in der Stadt immer Freunde gehabt. Ich fragte mich, warum sie mich hier nicht ausstehen konnten? Was an mir nur so verkehrt war? Ich wollte normal sein, ganz normal so wie sie.

Die ganze Klasse wusste natürlich am nächsten Tag, dass sie mich hereingelegt hatten, Queen, Schwein, Laus und Pferd. Und was das Schlimmste war: dass Schnief ihnen geholfen hatte. Sie sa-

ßen da und schauten uns belustigt an und flüsterten, und ich sah, dass sie einander Zettel zusteckten, während die Lehrerin etwas an die Tafel schrieb. Ich konnte mir vorstellen, was da draufstand.
Schnief biss sich verlegen auf die Lippe. Sie fand das alles sehr sehr schlimm, sagte sie. Sie hatte es nicht gewusst. Biest hatte ihr nur gesagt, dass sie mir einen Streich spielen wollten. Einen Streich, sagte ich, nennst du das einen Streich? Sie wurde noch roter als sie schon war. Und dann versprach sie, dass so etwas nie mehr geschehen würde. Ich habe nichts gesagt, aber ich wusste, dass sie es wieder tun würde.

Schnief kam nur noch ab und zu mit zu mir nach Hause, viel öfter ging ich nach der Schule zu ihr. Ich versuchte, sie so oft wie möglich allein zu sehen, aber das klappte meistens nicht lange. Manchmal weinte ich oder war wütend. Manchmal sagte ich gemeine Dinge über Queen und Biest, um sie doch wieder für mich zu gewinnen. Es änderte nichts. Wenn uns die Mäuse umkreisten, passierte es immer öfter, dass Schnief plötzlich zwischen ihnen stand und nur ich Schläge bekam. Während ich hier einen Stoß und da einen Tritt bekam, machten sie gemeine Bemerkungen. Manon ist ein Angsthase, sagten sie. Ein Hosenscheißer. Sie glaubt, dass in ihrem Haus Gespenster wohnen. Aber sogar Gespenster wollen nicht in so einer Bruchbude wohnen. Das ist vielleicht ein Trümmerhaufen! Es wimmelt dort bestimmt nur so von Ungeziefer. Manon hat Läuse, sagten sie. Du hättest in der Stadt bleiben sollen, bei dem anderen Läusepack und den Habenichtsen. Da gehörst du hin. Hier nicht. Sie werden euer Haus verkaufen, Manon, sagten sie. Und all eure Sachen auf die Straße schmeißen. Ein Kinderhotel, was für eine Schnapsidee! Ein Tierheim würde besser in diesen Schweinestall passen. Soll ich Balthasar holen? Und wie geht es deinem Freund Tristan, Manon? Hat er vielleicht eine andere Freundin? Oder traut er sich nicht her? Wo ist er denn, Manon? Solche Sachen sagten sie, und dass Schnief Papas Skulpturen hässlich und gruselig fand. Und auch: Warum kommt der Doktor ständig zu euch? Vielleicht wegen deiner Mutter? Und dann lachten sie.

Ich sah Schnief an, aber Schnief tat nichts. Sie stand nur dort rum und starrte auf ihre Schuhe, sie biss nervös auf ihren Lippen rum und wartete, bis die Mäuse wieder weggehen würden. Und wenn sie weg waren, bekamen wir Streit. Ich sagte hässliche Dinge zu ihr, weil sie mir nicht geholfen hatte. Weil sie, auch wenn es nur ein kleines bisschen war, mitgelacht hatte. Weil sie Dinge weitererzählt hatte, Dinge, die sie nicht hätte weitererzählen dürfen.

Nicht Papa, sondern Mama brachte mir Essen nach oben. Sie klopfte an und fragte, ob sie reinkommen durfte. Eigentlich hatte ich keine Lust, aber weil ich Angst hatte, dass sie dann wieder wütend auf mich werden würde, habe ich die Tür doch aufgemacht. Sie sah natürlich sofort, dass ich geweint hatte. Sie strich mir übers Haar und sagte: Ach, mein kleines Mädchen – davon wurde mir ganz warm –, und dann fragte sie, ob ich heute viel geschrieben hatte.
Vielleicht hat dein Vater Recht, sagte sie, und du auch. Vielleicht musst du einfach weitermachen, bis es ganz fertig ist.

Wir sahen beide zu Brummerchen, der lang ausgestreckt in meinem Boot schlief. Zum Glück ist er taub. Sonst wäre er bestimmt von dem Klackern von Mamas Absätzen auf dem Holzfußboden wach geworden und weggerannt.
Ich glaube, dass Brummerchen am besten ein paar Tage hier in deinem Zimmer bleibt, sagte Mama, bis seine Pfote wieder heil ist. Dann hast du auch ein wenig Gesellschaft.
Das fand ich lieb von ihr.
Bevor sie die Tür hinter sich zu zog, fragte ich: Kommt der Doktor heute Abend noch? Sie schüttelte den Kopf. Maurien ist wieder ganz gesund, sagte sie.

18

Es ist nicht das erste Mal, dass ich eine Weile nicht zur Schule gehen muss.
Letztes Jahr bin ich gegen eine Tür gelaufen. Oder besser gesagt: Die Tür ist gegen mich gelaufen. Oder noch besser: Gerade als ich aus der Toilette kam, stieß Laus die Tür mit voller Wucht zu und ich bekam sie gegen den Kopf. Ich hätte natürlich wissen können, dass sie dahinter stand, ich hatte sie flüstern hören.
Mir wurde ganz schwarz vor Augen und so schwindlig, dass ich mich an einem Waschbecken festhalten musste, um nicht zu fallen. Später, in der Klasse, wurde mir schlecht. Die Lehrerin brachte mich nach Hause. Der Doktor sagte, dass ich eine Weile zu Hause bleiben müsse, ich sollte vor allem Ruhe halten. Das fand ich nicht schlimm. Ich war froh, dass ich nicht zur Schule musste, obwohl ich lieber weniger Kopfschmerzen gehabt hätte.

Als es mir nach ein paar Tagen wieder besser ging, fragte Papa, ob ich Lust hätte, eine Marionette zu basteln. Er hatte einen lustigen Kopf gemacht, und Arme und Beine und einen Körper. Die Puppe sollte ein langes und ein kurzes Bein bekommen und eine komische Nase – ein wenig wie der Ringelschwanz eines Ferkels – und lange Arme mit viel zu großen Händen. Das machte sie gerade so witzig.
Ich schnitt aus einem alten Geschirrtuch eine kleine Hose und ein Hemd aus. Ich musste ein paar Mal neu anfangen, das erste Hemd war zu groß und das zweite zu klein. Als es endlich passte, nähte ich die Teile so gut ich konnte zusammen. Ich sagte: Vielleicht kann ich Oma fragen, ob sie einen Pullover strickt, so einen winzigen Pullover, das kann ich nicht. Und ich sagte: Wenn sie fertig ist, schenke ich sie Schnief. Es war mir einfach rausgerutscht, bevor ich nachgedacht hatte, und ich sah, dass Papa verwundert aufsah. Warum nennst du sie so?, fragte er. Ich glaube, dass ich rot wurde und stotterte: Sie hat doch immer eine Schnotternase. Und dann schnieft sie und dann trieft ihre Nase gleich wieder.

Ob wir eigentlich noch immer Freundinnen seien, fragte er dann, er war gerade dabei, die Augen zu malen. Aber klar doch, sagte ich so munter wie möglich, ich wollte nicht, dass er etwas merkte. Er sah mich wieder so seltsam an über den dicken Brillengläsern.

Du hast die letzte Zeit aber oft blaue Flecken und Schrammen, sagte er. Ich murmelte etwas von Steinen, die immer in die Wunde geraten und die man dann da herausfummeln musste. Und dass ich jetzt doch ein wenig müde wurde und wieder Kopfweh bekommen hatte. Er gab mir einen Kuss und stopfte das Deckbett so fest um mich, dass es ein bisschen wehtat. Aber ich sagte nichts.

Abends rief ich Schnief heimlich an – sie hatte mich natürlich nicht besucht – und fragte sie, ob sie mal vorbeikommen wollte, weil ich ein Geschenk für sie hatte.

Also kam sie am nächsten Tag. Siehst du, sagte ich zu Papa, wir sind noch immer beste Freundinnen.

Aber als ich eine Weile später bei ihr zu Hause war, sah ich die Marionette nirgends hängen. Nicht in ihrem Zimmer, nicht in der Spielecke, nicht in der Küche. Ich fragte sie danach, sie sagte nichts und biss sich verlegen auf die Lippen. Biest lachte und sagte, dass sie sie kaputt gemacht hätten, Queen und Schwein wären auch dabei gewesen. Sie fanden sie hässlich und doof und man konnte doch nichts damit anfangen.

Ich konnte nichts sagen, ich hatte einen Kloß im Hals und einen Stein im Magen. Ich wollte weinen, aber auch das ging nicht. Ich glaube, dass ich doch noch losgeweint hätte, wenn ihre Mutter nicht ins Zimmer gekommen wäre. Sie hatte alles gehört und sagte zu Biest, dass es gemein sei, so etwas zu machen. Biest fing wie immer an zu heulen und ihre Mutter nahm sie in den Arm, um es wieder gutzumachen. Ich war tagelang traurig. Ich werde jetzt, beim Aufschreiben, wieder wütend und traurig. Ich weiß nicht, was ich am schlimmsten fand: dass Queen und Schwein bei Schnief zu Hause gewesen waren oder dass sie die Puppe kaputtgemacht hatten. Die Puppe, die ich mit Papa zusammen gebastelt hatte.

19

Ich stand immer öfter allein auf dem Schulhof, ich starrte auf den Boden. Ich traute mich nicht aufzuschauen. Ich war mir sicher, dass die ganze Schule sehen konnte, dass ich keine Freunde hatte, dass alle mich auslachten. Da ist Manon, sagten sie bestimmt, doofe Manon, wie sie da schon steht. Sie hat immer denselben Pulli an. Und sie stinkt und hat Läuse. Niemand will mit ihr spielen. Niemand will sie. Sie hätte besser in der Stadt bleiben sollen.

Mama hatte mir die Haare ganz kurz geschnitten. Sie standen sogar ein wenig hoch. Sie fand es witzig und ein wenig frech, sagte sie. Ich fand es furchtbar. Wenn ich in den Spiegel sah, fand ich mich hässlich. Je öfter ich mich betrachtete, desto weniger konnte ich mich selbst ausstehen.

Ich versuchte, Schnief wieder für mich zu gewinnen. Nach der Schule rannte ich schnell nach draußen und wartete auf sie, nicht weit von ihrem Haus. Ich musste allerdings auf der Hut sein, weil

Queen oder Biest manchmal bei ihr waren. Ich versprach ihr alles Mögliche, sogar Tristans Armband, wenn sie nur wieder meine beste Freundin sein wollte. Ich fing Streit mit ihr an, wenn sie bei Queen gewesen war. Aber sie schaute nur auf ihre Schuhspitzen und versuchte, an mir vorbeizuhuschen. Als sie anfing, mit dem Rad zur Schule zu fahren, konnte ich sie nicht mehr einholen.

Ich dachte, dass es vielleicht weniger auffallen würde, dass ich allein war, wenn ich in der Nähe von Queen und Schwein blieb. Von weitem sah niemand, was genau passierte. Natürlich bekam ich Schläge. Daran war ich inzwischen gewöhnt. Ein blauer Fleck mehr oder weniger, das fand ich nicht schlimm. Manchmal weinte ich, aber das war, weil ich hoffte, dass sie dann netter zu mir sein würden. Einmal drückte Queen mich zwischen ihre warmen Brüste. Mir wurde schlecht und ich übergab mich auf ihr T-Shirt.

Vielleicht war der Lehrerin doch etwas aufgefallen, jedenfalls bat sie mich eines Tages, noch kurz dazubleiben. Sie lachte mich an, aber ihre Augen lachten nicht mit. Sie hat so Augen, die immer traurig schauen. Ich saß an meinem Pult und versuchte, das Kaugummi abzukratzen, das Pferd darunter geklebt hatte. Sie setzte sich dicht neben mich und ich sah, dass sie eine Laufmasche im Strumpf hatte. Erst fragte sie, wie es Mama und dem Baby ging und ob ich mich über meine kleine Schwester freute. Sie fand die Geburtsanzeige sehr schön. Ob ich die zusammen mit meinem Vater gemacht hätte. Ich nickte und dann wurde sie ernst. Sie sagte, dass ich in letzter Zeit in der Schule so nachgelassen hätte. Sie sei erstaunt und enttäuscht, ich hätte doch einen so guten Anfang gemacht. Sie hätte mehr von mir erwartet. Was interessieren mich auch diese blödsinnigen Summen, dachte ich. Und dann fragte sie, ob ich schon Freunde gefunden hätte – sie sah mich dabei starr an – und woher ich all die blauen Flecken und Schrammen hätte. Ich schaute aus dem Fenster, zu den Krähen, die an der anderen Seite des Schulhofs auf der Mauer saßen, und zu dem Flugzeug, das einen weißen Streifen durch den Himmel zog. Ich habe nichts gesagt. Was hätte ich sagen sollen? Es würde alles nur noch schlimmer machen.

20

Als ich das letzte Mal bei Schnief zu Besuch war, war ihre Tante auch da. Sie sagte: Hallo, du musst Manon sein, ihr seid beste Freundinnen, was? Schnief starrte wieder auf ihre Schuhe und biss sich auf die Lippen, das macht sie immer, wenn sie nervös oder verlegen ist. Nein, sagte ich, das sind wir nicht.

Ich werde nie vergessen, wie mich die Tante ansah. Als wäre ich etwas Ekelhaftes, etwas, was es besser nicht geben dürfte. Aber ich konnte es ihr doch nicht alles erklären. Außerdem wusste Schnief genau, was ich meinte. Es war etwas zwischen ihr und mir, damit hatte ihre Tante nichts zu schaffen.

Ich ging in Schniefs Zimmer, nahm ein Buch aus dem Regal und legte mich auf ihr Bett. Das machten wir öfter zusammen, früher, nebeneinander liegen und lesen. Aber Schnief kam nicht. Ich hörte sie im Nebenzimmer mit Biest reden, ich konnte sie nicht verstehen.

Ich wartete und wartete. Vielleicht hoffte ich, dass sie kommen und sagen würde, wie schrecklich Leid ihr alles tat. Sie würde wieder meine beste Freundin sein wollen. Und alles würde wieder gut werden.

Es klingelte und ich erkannte sofort die Stimme von Queen und die schweren Schritte von Schwein. Ich saß in der Falle. Ich traute mich kaum noch zu atmen, so große Angst hatte ich. Ich musste zusehen, dass ich von hier wegkam.

Ich hörte sie in Biests Zimmer gehen und machte die Tür vorsichtig einen Spalt auf. Die Luft war rein. Ich ging schnell durch den schmalen Flur. Aber die Küchentür stand offen. Ich hörte Schniefs Mutter etwas über Queen und Schwein sagen, und dass ich mich immer mit ihnen stritt, und auch mit Biest. Als wenn es alles meine Schuld wäre. Und dann sagte die Tante: Ja, ich fand es auch ein sehr seltsames Kind. Genau in diesem Moment stieß ich gegen den Schirmständer, ich bin auch immer so tollpatschig. Sie schauten mich beide an, unter ihren Blicken fühlte ich mich ganz klein werden. Ich will keinen Fuß mehr in dieses Haus setzen.

Manchmal habe ich das Gefühl, dass ich – seit wir hier wohnen – jeden Tag ein wenig kleiner geworden bin. Manchmal träume ich, dass ich nur noch so groß bin wie eine Stecknadel, ein blinkender Punkt auf einer schwarzen Fläche. Und plötzlich ist sogar dieser Lichtpunkt verschwunden. Ich suche und suche, ich kann ihn nicht finden. Und ich bekomme immer weniger Luft. Dann wache ich schweißgebadet auf. Und manchmal träume ich, dass die Mäuse in unser Haus eindringen und alle Fußböden wegnagen.

21

He, Manon, wir haben deine Mutter mit dem Doktor im Wald erwischt, sagte Queen. Sie stand da und lachte so triumphierend, dass mir ganz schlecht wurde. Deine Mama hat vielleicht dicke Titten, Mensch, sagte Schwein. Und alle Mäuse lachten. Natürlich hatte Mama schwere Brüste, sie stillte Maurien. Aber sie war nicht mit dem Doktor im Wald gewesen, nein, das glaubte ich wirklich nicht. Ich konnte mir Mama in ihrem schicken Kostüm nicht zwischen den Blättern und Bucheckern vorstellen. Und sie würde ihre roten Schuhe niemals so schmutzig machen.

Aber sie musste natürlich tanzen in ihren roten Schuhen, genau wie in dem Märchen. Sie konnte die Schuhe nicht stoppen. Sie tanzten ganz von allein um den Doktor herum. Hatten Mama und Papa deswegen so oft Streit? Und warum machte Mama plötzlich Yoga? Das war gar nichts für sie, das hat sie früher überhaupt nicht interessiert. Natürlich, der Doktor hatte es ihr empfohlen, um ein wenig zu entspannen, weil sie in letzter Zeit so gestresst war. Das kam bestimmt durch Maurien. So ein nerviges Schreikind. Und dann die Boutique und die Arbeit im Haus, die nie aufhörte. Yoga wird dir gut tun, hatte der Doktor gesagt. Das machte er selbst schließlich auch. Klang Mamas Stimme darum anders, wenn sie mit dem Doktor sprach? Und ging sie mit Maurien wirklich zu ihrer Freundin und blieb dort über Nacht? Warum kam die Freundin denn nie zu Besuch zu uns?

Maaike erzählte früher oft von den Streitereien ihrer Eltern. Sie krachen sich wirklich über alles, sagte sie, es macht mich ganz verrückt. Von morgens bis abends, sie brauchen sich nur über den Weg zu laufen und – bumm – schon knallt es. Vielleicht ist es wirklich das Beste, wenn sie sich trennen.

Aber als ihr Vater tatsächlich wegging, weinte sie tagelang ununterbrochen. Ich konnte nichts tun, um sie aufzumuntern.

Ein paar Jahre später holte sie mich ab – es war noch ziemlich früh am Morgen – und nahm mich mit zum Spielplatz. Ganz hinten in der Ecke war

ein wenig Erde umgegraben. Hier habe ich ihn begraben, sagte Maaike. Was?, fragte ich. Nicht was, wen, sagte sie. Wen denn?, fragte ich. Meinen Vater, sagte sie, meinen Ex-Vater.
Erst dachte ich, dass sie einen Witz machte, aber so sah sie nicht aus. Und dann wurde mir plötzlich bewusst, dass sie am Tag davor Geburtstag gehabt hatte und ihr Vater nicht gekommen war. Sie sagte: Ich will nie wieder etwas mit ihm zu tun haben.

Wenn sich meine Eltern trennen, weiß ich nicht, wen ich begraben soll. Natürlich bin ich wütend auf Papa. Er hätte uns nicht in dieses Dorf holen sollen. Mama wollte lieber in der Stadt bleiben und ich auch. Wenn Mama wieder in die Stadt zieht, gehe ich mit, da bin ich mir ganz sicher. Wenn Papa zu dickköpfig ist, um mitzugehen, muss er eben allein hier bleiben. Vielleicht bekomme ich mein altes Zimmer wieder, im Hochhaus, bei Tristan. Aber ich will keinen neuen Papa und schon gar nicht den geschniegelten Doktor. Und warum kommt Mama in ihrem seidenen Morgenmantel und auf ihren hohen roten Schuhen ins Wohnzimmer, wenn sie weiß, dass der Doktor da ist?

22

Weißt du, wie es ist, jeden Morgen wach zu werden und Angst zu haben?
Wenn ich zur Schule gehe, zähle ich die Steine. Dann dauert es länger, bis ich da bin. Ich will nicht dort sein. Aber das Dorf ist zu klein, um wegzulaufen. Es gibt nicht genug Straßen. Ich habe schon mal daran gedacht, mich im Wald zu verstecken, aber Bäumen kann man auch nicht vertrauen, man weiß nie, was sich hinter ihnen verbirgt. Nein, ich brauche Straßen. Straßen so wie früher. Straßen, in denen ich alles bestimmen kann, die mir gehören, wo ich sicher bin. Wenn ich das so schreibe, sieht es aus, als ginge es um ein Monopolyspiel. Aber es ist kein Spiel. Nie gewesen.

Eines Tages geschah etwas Seltsames. Ich bekam ein warmes Gefühl im Bauch und mir wurde ein wenig schwindlig und dann hing ich plötzlich in der Luft. Ich schaute auf sie hinab. Auf Pferd mit seinem Pferdegebiss und Laus, die aussah wie ein

Rabe mit ihrer großen krummen Nase und dem schwarzen Haar. Auf Schnief, die ihren Zehn-Uhr-Apfel aß, und auf Queen, die alle überragte. Mich selbst sah ich auch. Gegen die Wand gedrückt, mit einem aufgeschürften Knie. Von dem Knie merkte ich eigentlich nichts, aber trotzdem weinte ich. Ich weinte, weil ich so gerne wollte, dass jemand zu mir kam, um mich zu trösten, so wie ich versucht hatte, Maaike zu trösten. Weil ich so gerne wollte, dass mal jemand nett zu mir war. Nicht wegen der Schmerzen. Sie konnten mich ruhig schlagen, sie konnten mich treten. Diese Art von Schmerz spürte ich nicht mehr. Mein Körper war ein Pappkarton mit zwei Gucklöchern darin geworden. Aber wenn sie mich dort so allein stehen ließen und taten, als wenn ich Luft wäre, dann schämte ich mich zu Tode.
Vielleicht wollte ich zum ersten Mal, dass der Wind mich wegblies. Vielleicht wollte ich fliegen können wie die Schwalben, mit kurzen schnellen Schlägen durch den Himmel flatternd. Eine Schwalbe sein und zum Meer fliegen und dann weiter an der Küste entlang gen Süden, wo es immer warm ist.
Seit diesem Tag hing ich öfter in der Luft, aber

immer war es windstill, ich weiß auch nicht, wie das kam. Und Schwalbenflügel hatte ich ja auch nicht.
Ich sah die Mäuse rumspringen und lachen, ich sah Biest triumphierend die Arme in die Luft werfen, als sie ein Tor geschossen hatte. Ich sah Laus Queens Haar kämmen und einen langen Zopf flechten. Nur Laus durfte das. Und ich sah Braun mit ihrem verträumten Lächeln.
Ich stand immer abseits, allein, mit gesenktem Kopf. Ich traute mich nicht aufzuschauen, und doch sah ich alles.
Ich fragte mich, ob es seltsam war, mich selbst von oben zu sehen, oder eigentlich ganz normal. Und was passieren würde, wenn plötzlich ein Sturm ausbrechen und mich mitzerren würde? Vielleicht würde ich mich dann verirren und den Weg in den Karton nicht mehr zurückfinden. Ich muss sagen, dass mir dieser Gedanke einen Schrecken einjagte. Aber dann fragte ich mich, ob ich denn überhaupt zurück wollte. Und was mit mir geschehen würde, wenn ich dort auf dem Pausenhof stehen bleiben würde wie ein leerer Karton?

Und dann kamen die Sommerferien.

23

Ich bin die ganzen Ferien über allein gewesen. Nicht wirklich, Brummerchen leistete mir Gesellschaft. Ich hatte Papa gebeten, das Zelt im Obstgarten aufzustellen. Es wird unser Clubhaus, sagte ich – von Schnief und mir –, dann würde er sich bestimmt ein wenig von uns fernhalten. Ich wollte nicht, dass er wusste, dass es kein uns mehr gab. Einmal ist er doch vorbeigekommen, um Kuchen und Limonade zu bringen. Bist du allein?, fragte er erstaunt. Schnief ist kurz nach Hause, um was zu holen, und Brummerchen ist doch da, sagte ich.

Ganze Stapel Bibliotheksbücher habe ich gelesen. Ein Buch hieß Juniper, ich habe es mindestens dreimal gelesen. Juniper ist die Tochter eines Königs, aber sie wird für ein Jahr zu Euny, ihrer Patentante, geschickt, die in einer armseligen Hütte einsam im Wald lebt. Euny macht Juniper das Leben schwer. Sie hält sie für eine kleine verhätschelte Prinzessin, die in ihrem Leben noch nichts mitgemacht hat. Darum lässt sie Juniper Hunger und Kälte leiden, sie muss sogar ganz allein ein Schwein schlachten, das Ferkel Borra, das sie inzwischen lieb gewonnen hat. Da habe ich geweint. Aber alles wird gut und Juniper wird ganz stark. Sie rettet sogar das Land ihres Vaters, das von ihrer gemeinen Tante bedroht wird.

Eines Tages brachte Papa ein Fahrrad für mich mit, er hatte es im Angebot gekauft. Ich freute mich wie wild. Ich fuhr gleich damit zu Schnief und versteckte es hinter dem Sandberg, von dem aus ich in den Garten schauen konnte. Mit meinem Rad fühlte ich mich sicher. Wenn sie mich erwischten, konnte ich schnell wegkommen. Meistens spielten sie im Schwimmbad im Garten, ich hörte sie lachen und sah das Wasser spritzen. Manchmal verschwanden ihre Köpfe eine Weile hinter dem Rand und dann tauchten sie prustend wieder auf. Dann wieder jagten sie sich gegenseitig mit einem Eimer Wasser oder einem Gartenschlauch. Queen war fast immer da. Ich sah Schnief Queens lange blonde Haare bürsten und flechten. Das würde Laus nicht gefallen. Einmal fand ich im Sand einen kleinen toten Vogel, kahl

und hässlich, mit aufgesperrtem Schnabel. Ich habe ihn begraben und mit dem Finger ein Kreuz auf sein Grab gemalt. In mir was es ganz still.
Ich erinnere mich noch daran, dass ich Schnief im Supermarkt sah – Papa hatte mich gebeten, Schokocreme und Bananen zu kaufen –, aber sie tat, als wenn sie mich nicht sähe, und fuhr schnell weg. Ich wollte hinter ihr herfahren, aber das war schwierig mit einem Eis in der Hand.

Ich hatte Angst, wieder zur Schule zu gehen, aber ich freute mich auch ein wenig darauf. Die Ferien hatten so lange gedauert. Ich dachte, ich hoffte: Vielleicht haben sie es vergessen. Vielleicht haben sie vergessen, dass sie mich nicht mögen. Ich hatte mich herausgeputzt. Mein Haar war gewachsen und ich hatte mir kleine Zöpfe gemacht, in die ich Perlen und Bänder eingeflochten hatte. Mama hatte mir violetten Nagellack gegeben und Ohrstecker in Form von Sternen. Ich trug einen neuen Pulli – einen, der Tristan bestimmt gefallen würde – und auch sein Armband.
Ich dachte, ich hoffte: Vielleicht kommen sie zu mir und sagen: Du siehst aber toll aus, Manon,

was hast du dich in den Ferien verändert! Und dann würde ich von den Zimmern erzählen, die Papa so schön hergerichtet hatte, und dass das Hotel fast fertig war. Sie konnten eine Nacht bleiben, wenn sie das wollten.
Aber sie sagten nichts. Als ich auf den Schulhof kam, standen sie in einem Knäuel beieinander, wie immer. Sie klatschten schon wieder, das konnte man sehen. Es klingelte und sie drängten sich vor die Tür. Ich trödelte absichtlich, ich traute ihnen nicht. Ich dachte: Bestimmt bekomme ich irgendwo hinten in der Klasse einen Platz, niemand wird neben mir sitzen wollen. Und ich dachte: Das ist immer noch besser, als neben Queen zu sitzen, die vielleicht wieder aufzeigt und sagt, dass ich einen Furz gelassen habe und stinke. Oder neben Laus, die mich immer so gemein mit einem spitzen Bleistift in die Seite sticht. Oder neben Pferd, der sein Kaugummi immer an meinen Stuhl oder auf den Boden unter mein Pult klebt, sodass die Lehrerin wütend auf mich wird.
Ich hängte meine Jacke als Letzte an den Haken. Und dann drehte Braun sich zu mir um. Plötzlich wurde mir bewusst, dass ich sie kaum kannte. Ich

hatte im vergangenen Jahr nie mit ihr gesprochen. Ich wusste nicht mal, wo genau sie wohnte. Sie war so ein Mädchen, das nicht auffiel. Sie sagte nie was. Ich lachte sie an. Vielleicht konnten wir ja Freundinnen werden, dachte ich. Vielleicht wollte sie ja neben mir sitzen. Aber dann stieß sie Laus an und flüsterte ihr etwas ins Ohr. Sie fingen an zu kichern. Das hätte sie nicht tun sollen.

Ich habe ihr nicht absichtlich wehtun wollen. Es fuhr plötzlich in mich. Ich wusste selbst nicht, dass ich so stark war.

24

Als ich heute Morgen aufwachte, fiel das Sonnenlicht durch die rosafarbenen Gardinen ins Zimmer und alles schimmerte rosig. Zum ersten Mal seit Wochen – vielleicht auch Monaten – hatte ich Lust aufzustehen. Ich sprang aus meinem Boot, Brummerchen schreckte auf und sah mich ein wenig gekränkt an. Aber als ich das Fenster öffnete, setzte er sich neben mich auf die Fensterbank. Der Sturm hatte sich gelegt und der Garten war goldbraun. Durch die kahlen Äste konnte ich die Baumfrau sehen. Die Rosen blühten noch immer. Papa wird viel zu tun haben, all die verblühten Knospen abzuknipsen. Wir schauten beide zu der Amsel, die in der Spitze der Tanne saß und aus voller Kehle sang. Ich sah, dass sich Brummerchen das Maul leckte, und schaute ihn kopfschüttelnd und mit erhobenem Zeigefinger an, wie es strenge Lehrerinnen machen. Er trollte sich, kroch wieder in mein Boot und rollte sich auf Omas warmer Decke zusammen.

Ich habe alles noch einmal durchgelesen und ich habe geweint. Aber jetzt fühle ich mich besser. Der Stein in meinem Magen ist weg und ich kann wieder frei atmen. Ich habe noch ein wenig in Juniper gelesen, das Buch habe ich nie zurück zur Bibliothek gebracht. Ich habe gesagt, dass ich es verloren habe. Papa schimpfte ein wenig, aber er ist trotzdem mit mir zur Bibliothek gegangen, um es zu erklären. Er sagte, dass unser Haus durch all die Umbauten ein wenig chaotisch sei, das Buch aber bestimmt wieder auftauchen würde, wenn alles fertig war. Ich hoffe, dass sie es vergessen. Ich möchte das Buch behalten.
Angharad, die Freundin von Euny, bei der Juniper ein paar Monate bleiben darf, erinnert mich manchmal an Oma. Vielleicht, weil Oma auch warme graue Augen hat, genau wie Angharad.

25

Heute Nachmittag bin ich mit Papa im Wald gewesen, wie ich ihm versprochen hatte. Der Wald liegt hinter Schweins Bauernhof, da mussten wir also erst vorbei. Ich hopste hinter Papa her. Ich sang sogar leise. Ich versuchte vor allem, nicht zu denken. Nicht daran zu denken, was beim letzten Mal geschehen war, als ich auf diesem Pfad ging.

Wir gingen durch das Maisfeld und dann zwischen den Weiden den Hügel hinauf. Ich sah sie schon von weitem, Schwein und seinen Bruder, sie reparierten den Zaun der Pferdekoppel. Als wir näher kamen, schauten sie auf. Schweins Bruder nickte freundlich – er ist, glaube ich, nett, ganz anders als sein Bruder. Schwein schaute natürlich wieder spöttisch, ich finde sein Grinsen so eklig. Ich blieb stehen, ich konnte nicht anders. Dieses Mal wollte ich den Blick nicht senken. Vielleicht kam es, weil ich meine derben Stiefel trug oder weil ich mir meinen Pulli um die Hüften

gebunden hatte oder einfach, weil Papa bei mir war. Auf jeden Fall fühlte ich mich stark.
Ist das nicht ein Junge aus deiner Klasse?, fragte Papa und ich sagte: Ja, das ist Schwein, er zwingt mich, Gras zu essen, er und seine Freunde.
Ich sah, wie Schweins Gesicht sich verzog. Ich habe mich umgedreht und bin weitergegangen und habe Papa alles erzählt. Alles, was ich in dieses Heft geschrieben habe. Über Schnief und Biest, über Queen und Schwein, über Pferd und Laus und Trottel und die Mäuse.
Ich erzählte, während wir Brombeeren pflückten. Papa hatte Recht, die Brombeeren waren schon überreif und es waren so viele, dass wir im Nu zwei Plastiktüten voll hatten. Ich schrammte mir die Hände zwar an mehreren Stellen, aber das fand ich nicht schlimm. Ich erzählte, während wir den Pfad wieder hinabgingen und stehen blieben, um Schicht zu streicheln, eins von Schweins Pferden, oder besser gesagt von seinem Vater. Und während wir ein Eis im Supermarkt kauften, mit Schokolade und Haselnüssen.
Zu Hause legten wir die Brombeeren kurz in Salzwasser – dann kriechen die Würmer heraus –,

wuschen sie und stellten sie in einem Topf auf den Herd. Papa schaute in einem Kochbuch nach, wie viel Zucker hinzugefügt werden musste, und dann erzählte ich weiter. Ich erzählte alles, außer der Sache mit Mama und dem Doktor.
Papa hat wenig gesagt und wenig Fragen gestellt. Aber ich sah, dass seine Augen manchmal feucht wurden, und ab und zu murmelte er etwas, oder er fluchte sogar. Ich habe ihn versprechen lassen, dass er keinem niemals auch nur ein Sterbenswörtchen darüber erzählt, auch nicht Mama. Es ist jetzt ein Geheimnis. Ein Geheimnis zwischen Papa und mir.

Als Mama von der Arbeit kam, füllten wir die warme Marmelade gerade in Gläser. Mama war riesig froh, mich hier unten zu sehen und stürmte auf mich zu. Das bin ich nicht von ihr gewöhnt und ich stand ein wenig hölzern da.

Nach dem Essen machte Papa Feuer im Kamin. Maurien lag zwischen den Sternkissen und ich kitzelte sie. Sie gluckste und strampelte mit den Beinchen. Sie ist schon ganz schön stark. Sie versuchte sogar, sich an der Sofalehne hochzuziehen. Vielleicht dauert es nicht mehr lange, bis sie laufen kann. Das fände ich gut. Ich habe ihr meinen alten Teddy gezeigt, den mit den kahl genuckelten Ohren. Sie kniff mit ihren Patschehändchen in sein Gesicht und lachte. Ich habe ihr gesagt, dass Oma bestimmt gerade eine Decke für sie strickt, genau so eine wie meine, in allen Farben des Regenbogens. Wir besuchen Oma bald alle zusammen, dann holen wir deine Decke, sagte ich. Und wir nehmen ein Glas Marmelade für sie mit. Ich sah Papa nicken. Mama saß auf seinem Schoß mit einem Glas Wein in der Hand. Sie fragte mich, ob das Heft jetzt ganz fertig sei und ob sie es lesen dürfe.

Maurien fiel fast vom Sofa, ich konnte sie gerade noch festhalten. Also nahm ich sie auf den Schoß. Sie sah mich mit ihren glänzenden Augen an und steckte sich den Daumen in den Mund. Das Feuer prasselte. Papa legte noch ein paar Holzscheite nach. Und dann fragte ich Papa und Mama, ob sie auch immer die Augen im Haus sehen.

Mama sah erstaunt drein, Papa sagte eine ganze Weile nichts, ich konnte sehen, dass er nachdach-

te. Er sagte, dass er ihnen noch nie begegnet sei. Was machen sie denn?, fragte er. Nichts, sagte ich. Schauen. Nur schauen? Ja, sagte ich. Augen können doch nur schauen. Papa nickte, schauen und dir Angst einjagen, mehr können sie nicht. Vielleicht verschwinden sie von alleine, wenn du keine Angst mehr vor ihnen hast, sagte er. Ich glaube, dass ich das mal versuchen werde. Keine Angst mehr vor ihnen haben, meine ich.
Worüber redet ihr um Himmels willen?, sagte Mama. Papa lachte und zwinkerte mir zu. Ach, zerbrich dir darüber nur nicht den Kopf, Schatz, sagte er, das verstehst du doch nicht. Das ist etwas zwischen Manon und mir, was Manon? Und ich nickte. Er hatte Schatz zu ihr gesagt. Das fand ich schön.

26

Die Lehrerin war hier. Sie sagte, dass Braun Montag wieder zur Schule kommen würde. Und wie es mir jetzt ginge.

Wir saßen zusammen am Tisch und aßen Papas selbst gebackene Apfeltaschen. Ich nahm große Bissen, kaute so lang wie möglich, sodass es immer aussah, als wenn mein Mund zu voll zum Reden wäre. Sie sah mich superfreundlich an und fragte in so einem zuckersüßen Ton, ob es nicht langsam an der Zeit sei, dass ich auch wieder zur Schule ginge. Ich konnte den Unterricht doch nicht ewig verpassen.

Es war ein Unfall gewesen, ein aus dem Ruder gelaufener Kinderstreit. Solche Dinge passieren nun einmal, sagte sie. Ein Schubs, fester als beabsichtigt. Und dann diese Haken an der Wand. Sie hatte sie ja immer schon gefährlich gefunden, aber niemand hatte ja auf sie hören wollen. Sie hatte gute Neuigkeiten, sagte sie. Die Haken würden verschwinden und alle Kinder bekämen einen eigenen Schrank, in dem sie die Jacken und andere Sachen unterbringen konnten. Als wenn es darum ginge!

Später am Abend, als die Lehrerin schon längst weg war und wir mit dem Essen fertig waren, sagte Mama plötzlich: Ich finde, dass sie Recht hat, Manon. Du musst nächste Woche wieder zur Schule. Ich will nicht mehr zur Schule, sagte ich. Eigentlich rief ich es. Ich will nicht mehr, ich will nicht mehr! Und ich schlug so fest mit den Fäusten auf den Tisch, dass alle Gläser und Teller klapperten. Maurien fing gleich an zu weinen und Mama stand wütend auf. Sie nahm Maurien auf den Arm und versuchte, sie zu beruhigen. Jetzt sieh nur, was du angerichtet hast, sagte sie. Du gehst zur Schule und damit basta. Was ist das für ein Unsinn! Alle Kinder müssen zur Schule. Du auch. Und gib dir Mühe, in Zukunft ein wenig vorsichtiger zu sein. Mein Gott. Samstag habe ich die Mutter von dem Kind auf dem Markt gesehen. Ich habe mich verdammt noch mal hinter einer Fischbude versteckt. Ich habe mich nicht getraut, ihr unter die Augen zu kommen.

Ich blieb mit Papa allein zurück, er an der einen Seite des Tisches, ich an der anderen. Ich wagte nicht, ihn anzusehen. Er setzte sich neben mich und legte die Hände über meine, die darunter ganz verschwanden, sodass es aussah, als wenn seine Hände an meinen Armen angewachsen wären. Darf ich Mama erzählen, was du mir erzählt hast?, fragte er. Und der Lehrerin auch?

27

Das von Mama und dem Doktor ist eine Lüge! Mama sagt, dass sie den Doktor nett findet, mehr nicht.
Als sie mir gestern einen Gute-Nacht-Kuss gab, war sie sehr lieb. Sie schmuste mit mir und sagte immer wieder: Warum hast du nur nichts gesagt? Ich hatte Angst, dass sie wieder wütend werden würde, aber ich wollte es endlich wissen. Also habe ich sie gefragt, ob sie in den Doktor verliebt ist. Erst musste sie lachen, aber als sie sah, dass ich Tränen in den Augen hatte, schaute sie plötzlich ernst. Hast du das die ganze Zeit gedacht?, fragte sie leise. Sie streichelte mir über die Wange. Hör mal, Manon, Papa und ich haben uns immer noch sehr gerne, auch wenn wir in letzter Zeit ab und zu Streit haben. Alles wird wieder gut, ganz bestimmt. Dein Vater ist der liebste Mann, den es gibt. Ich würde ihn für nichts in der Welt tauschen wollen. Aber ab und zu werde ich verrückt von seinen wilden Ideen. Und dann lächelte sie

und sagte: Na ja, vielleicht habe ich mich gerade darum in ihn verliebt. Soll ich dir ein Geheimnis erzählen?, fragte sie. Manchmal, wenn ich wirklich nicht mehr weiter weiß – die ganze Unordnung und die Schulden –, krieche ich in die Hängematte im Urwaldzimmer und schaukle langsam hin und her. Dann geht es mir von ganz allein wieder besser. Dein Papa macht aus dem Haus wirklich ein Paradies. Das Kinderhotel, das muss doch klappen, das glaube ich immer mehr.
Und sie erzählte, dass der Doktor hier gewohnt hat, in diesem Haus, früher, als Kind. Es ist das Haus seines Vaters. Als der starb, hat der Doktor es geerbt. Erst wollte er es nicht verkaufen, weil er viel zu sehr daran hing. Er ist hier sehr glücklich gewesen, bis die Fabrik abbrannte. Aber das Haus war viel zu groß für ihn allein. Darum hat es so lange leer gestanden. Der Doktor fand Papas Idee, ein Kinderhotel daraus zu machen, großartig.
Und darum hat er es ihm verkauft.

28

Das ist das Ende meiner Geschichte. Wir haben den ganzen Nachmittag geredet, Papa, Mama, die Lehrerin und ich. Montag gehe ich wieder zur Schule. Ich werde Laus sehen, und Schnief und Schwein und Queen und Braun mit Augenklappe, wie ein Pirat, aber ohne Holzbein. Ich weiß nicht, ob ich jemals wieder in der Luft hängen werde. Und auch nicht, ob ich es sehr schlimm finden würde, wenn das nicht mehr ginge. Aber meine Hände sind Teufelshände geworden und das wird vielleicht immer so bleiben. Ich würde Braun gerne sagen, dass es mir Leid tut, aber ich weiß, dass ich das nicht tun werde.
Vielleicht lassen sie mich jetzt in Ruhe. Die Lehrerin hat versprochen, dafür zu sorgen, dass alles anders wird. Sie sagt, dass ich keine Angst mehr zu haben brauche. Ich kann es nicht so recht glauben. Dafür ist zu viel passiert. Auch wenn sie mich nicht mehr triezen, Freunde werden wir niemals werden. Nicht wie Tristan und Liam und Maaike.

Und das finde ich schade. Aber wenn es wieder schief geht, stehe ich nicht mehr so allein da. Und nach diesem Jahr darf ich die Schule wechseln. Vielleicht komme ich auf dieselbe Schule wie Tristan.

Ich habe ihn gestern angerufen. Stille am anderen Ende der Leitung. Er war natürlich böse, dass ich ihn bei unserem letzten Treffen versetzt habe und nichts mehr von mir habe hören lassen. Ich sagte ihm, dass es mir sehr Leid tat und ob ich doch noch einmal kommen dürfte, weil ich ihn so furchtbar vermisste. Er lachte und sagte: Schön, dann kannst du Isabella kennen lernen. Mir wurde kurz ganz kalt, aber dann sagte er: Isabella, meine Cousine aus Spanien, sie wohnt für ein Jahr bei uns. Ich habe ihr schon so viel über dich erzählt, es macht sie ganz verrückt, sagt sie. Sie würde dich gerne endlich kennen lernen.
Nächstes Wochenende. Darauf freue ich mich wie wild. Ich werde Tristans Armband tragen.

Morgen begrabe ich mein Heft unter den Linden.

Die folgenden Bücher sind im Text erwähnt:

Monica Furlong:
Junipers Hexenkind

Hans Christian Andersen:
Märchen, Die roten Schuhe